EDUCAÇÃO ATRAVÉS DA MITOLOGIA GREGA

PARA FORMAR JOVENS ÉTICOS E CRIADORES

SATTVA EDITORA

contato@sattvaeditora.com.br
www.sattvaeditora.com.br

Editora: **Vivian Lerner**

Revisão: **Olenka Franco**

Projeto gráfico, diagramação
e capa: **Luiz Zonzini**

Educação através da Mitologia Grega:
Para Formar Jovens Éticos e Criadores

Tradução diretamente do grego moderno e antigo
pelo autor

Salis, Viktor David
Educação através da mitologia grega: para formar jovens éticos e criadores. / Viktor David Salis. - - São Paulo : Sattva Editora, 2017.

ISBN 978-85-67977-10-2

1. Mitologia grega 2. Psicologia Analítica 3. Educação
I. Título.

CDD – 292.0803

VIKTOR D. SALIS

EDUCAÇÃO ATRAVÉS DA MITOLOGIA GREGA

PARA FORMAR JOVENS ÉTICOS E CRIADORES

SATTVA
EDITORA

2017

2ª edição

ÍNDICE

CAPÍTULO III:

INTRODUÇÃO

PORQUE OS MITOS NA EDUCAÇÃO DO SÉC. XXI

Costumamos olhar para os mitos como superstições ou inverdades, como a prova do espírito infantil, irracional e pré-lógico dos nossos ancestrais. Essas histórias cheias de fantasias, de elementos que fogem à nossa realidade concreta, como deuses, monstros, dragões, gigantes, cavalos alados, lobisomens, bruxas, fadas, caiporas, mulas sem cabeças, sacis pererês etc., causam estranheza ao homem contemporâneo. Representam elementos que não existem concretamente em nosso dia-a-dia, imagens que não fazem parte do chamado mundo racional e objetivo.

Ao longo dos milênios, a filosofia ocidental foi gradualmente restringindo a fonte do conhecimento à razão e à conquista da realidade pela experiência concreta, até que o mundo imaginário foi praticamente abolido. Surgiu com isso o homem intelectual, aquele em que predomina a lógica e a experiência. É a passagem do mito à razão que marca o nascimento da civilização ocidental, tal como a conhecemos. (VERNANT, 2002, p. 96-107).

O resultado disso foi um extraordinário desenvolvimento tecnológico, do qual muito nos orgulhamos. Este saber nos elevou e colocou “acima” da natureza, que passou a ser conduzida de acordo com nossos interesses e necessidades. Por meio do pensamento científico, trocamos o natural pelo artificial, até que, finalmente, conseguimos declarar nossa independência: “Deus morreu!” (NIETZSCHE, 1996, p. 141).

Mas que Deus é esse que matamos? Conseguimos matar o deus Cronos (a temporalidade), ou ele ainda nos devora? Conseguimos eliminar a deusa Atená (a sabedoria intuitiva), ou ela ainda existe em alguma mente brilhante? Conseguimos matar Ares (o deus da guerra), ou é ele que ainda nos destrói em conflitos pelos quatro cantos do mundo? Conseguimos eliminar Eros (a arte de viver e amar para os antigos), ou foi ele que nos enlouqueceu até sermos trazidos de volta à sanidade por Freud e as psicoterapias? Matamos Dioniso (o deus do êxtase e do entusiasmo), ou ele continua nos dando alguma alegria nas *happy hours* para aguentarmos o ritmo massacrante do dia-a-dia?

Parece que não matamos os deuses. O que ocorreu foi que amputamos uma parte da realidade. C. G. JUNG já ironizava essa questão: “Os deuses transformaram-se nas doenças da modernidade”. (JUNG, 1923, p. 349). O hábito de desprezar tudo o que não faz parte da lógica e da racionalidade levou nossa civilização a abandonar as metáforas e, com isso, deixamos de ver coisas que estão na nossa frente. Perdemos um tipo de percepção, um olhar considerado importantíssimo na Antiguidade, para o bem viver na Terra.

Esse olhar foi descrito por muitas tradições como uma “terceira visão” - que não existe fisicamente, mas que, por esse mesmo motivo, consegue “ver o invisível”. O mundo que ela vê é um mundo não concreto, o mundo do imaginário. É um mundo irracional e ilógico que brota das profundezas de nosso inconsciente. É o mundo que os xamãs veem em seus estados alterados de consciência. É o mundo que, segundo Freud e Jung, interfere nos pensamentos, sentimentos, vontades, decisões e ações de todas as pessoas, sadias ou mentalmente enfermas. É desse mundo abstrato que vêm os mitos.

Em nosso entendimento, os mitos não são frutos de uma mentalidade primitiva e fantasiosa. Os mitos têm uma estrutura complexa que une opostos, consciente e inconsciente, pensamento concreto e imaginário; por isso permitem descrever melhor a realidade humana como ela é: paradoxal.

Mas afinal, para que servem os mitos para a educação no séc. XXI? A origem dos mitos perde-se na noite dos tempos, sem que ninguém possa dizer de onde vieram. São narrativas fascinantes, porém absurdas para quem quiser neles enxergar algo palpável e "real". Não adianta ali procurar verdades científicas e quem tentar fazê-lo perderá toda a sua beleza e fascínio, além de desperdiçar seu tempo.

Mas se são absurdas fantasias, para que servem? Para levar-nos para longe da realidade e embalar-nos em sonhos impossíveis? Mesmo assim, ficamos por eles apaixonados e maravilhados, pois falam, de forma concisa e rica, sobre assuntos que nos dizem respeito e parecem responder a tantas e tantas perguntas que temos sobre os problemas da existência. Parece que quando conhecemos um mito, "já sabíamos sem saber", soa-nos tão familiar e, principalmente, toca o coração – se nosso realismo permitir e não exigir descartá-lo como simples invencionice. Afinal, mito é seu sinônimo desde que a tradição judaico-cristã baniu tudo o que não fosse validado por seus Testamentos (ELIADE, 2000).

Na Antiguidade, longe de referirem-se a invencionices, os mitos eram considerados "histórias universais", a linguagem que os deuses utilizavam para ensinar a nós, mortais, a arte de viver, amar e deles nos aproximarmos. Eram narrativas fantásticas e ambíguas porque os deuses nunca se comunicavam de forma direta; não é muito diferente do que ocorre quando consultamos um astrólogo ou um vidente. As respostas que buscamos nunca são transparentes e diretas - elas exigem nossa intervenção e interpretação para ganhar sentido e direção. É como se adentrássemos a realidade pela porta dos fundos, chegando a um mundo mágico onde se abrem novas possibilidades e esperanças para um futuro sempre incerto, mas tão sonhado e desejado.

"Magia" e "mito" sempre estiveram intimamente ligados. Sabemos disso pela raiz etimológica que têm em comum. Até onde podemos retornar, a palavra "magia" remonta à raiz sânscrita "mous", de onde também surgiu a palavra "mantra". A raiz "mythos" também daí derivou-se. Os mitos nasceram dessa arte de calar-se para ouvir os deuses; é preciso aprender a calar-se e isso é uma arte. De "Mythos" derivou "meyin", que significa calarmos as "vozes mentais e emocionais" (traduzimos como a linguagem do desejo, ou a ignorância). Enquanto não se consegue calar essas vozes, o "meyin" não se manifesta. É uma relação única do homem com o Cosmos e permite o nascimento dos mitos que, para os antigos, eram a linguagem universal por excelência.

Da raiz "meyin" originou-se "maiêutica", que em grego significa "encantamento" e também derivou "magos" e "magia". É sinônimo de fermentação, porque a arte do encantamento é a mágica arte do nascimento da vida interior, que cresce lentamente com grandes esforços e rituais: o "parir do espírito", dizia Sócrates. Bem, ao menos agora sabemos o real significado e função de "magia", nada a ver com o que foi vulgarizado na modernidade.

Finalmente, vale notar que Sócrates utilizou a palavra "maiêutica" (quer dizer aplicar a magia) como sua forma de ensinar, associada à teoria da reminiscência. Ele dizia que nada tinha a ensinar aos alunos, mas podia ajudá-los a recordar o que "já sabiam", referindo-se ao que tinham aprendido em suas existências passadas.

Na verdade, Sócrates considerava que os talentos de cada um eram a síntese do seu aprendizado em outras existências e apenas caberia ao mestre ajudar seu discípulo a "desembrulhá-los".

Voltando ao significado e função dos mitos na atualidade, não é demais insistir que eles não podem – e nunca quiseram – competir com a ciência e a razão. Eles nos abrem as portas para uma outra realidade: o mistério de viver, com seus dramas individuais e coletivos, suas angústias, medos, alegrias e anseios. Alguém se atreve a explicar o sentido de sua própria existência de modo científico, racional e previsível? Eis a beleza dos mitos que tanto nos fascina e apaixona: eles não preveem, mas abrem portas e possibilidades para a nossa vida através do imaginário. Por isso são fantásticos e ambíguos: exigem nossa participação e tomada de posição, cobram-nos a coragem de viver e não simplesmente vegetar. Assim, cada um tem o desafio de recriar um mito - qualquer mito - para a sua própria vida, de acordo com sua visão e compreensão.

Os mitos também refletiam e expunham as Leis imutáveis da vida e da natureza e, na Grécia antiga, eram contados por sábios conhecidos como Poetas, que em grego quer dizer *Criadores*. Sua obra, a poesia, significa *Criação*, porque, se o homem criasse por sua própria decisão algo que entrasse em conflito com os princípios da natureza, acabaria ferindo, no final das contas, a ele mesmo. Por exemplo, se o homem poluir o ar, ele mesmo respirará o ar poluído. Se o homem destruir a natureza, ele próprio será destruído, pois faz parte de suas entranhas. Por outro lado, se aquilo que o homem criasse estivesse em harmonia com o meio ambiente, essa obra teria longa duração e consolidaria o ambiente,ao invés de destruí-lo.

Hesíodo, poeta grego do séc. VIII a.C, conta em sua obra *Os trabalhos e os Dias* que o ser humano foi se embrutecendo, perdendo sua pureza, tornando-se pequeno e mesquinho com o passar do tempo. A humanidade decaiu lentamente da "raça de ouro" até a "raça de ferro". A raça de ouro era uma estirpe de homens que sabiam viver em harmonia com a natureza, terrena e cósmica, que ouviam a si mesmos e ao mundo à sua volta. O mundo comunicava-se, exprimia-se vivamente para o homem, dava coisas boas quando ele agia de acordo com a natureza cósmica, e devolvia-lhe infortúnios quando se equivocava em alguma situação da vida.

O homem da raça de ouro era um homem ético. Mas sua ética não era a ética que conhecemos; estava de acordo com as Leis do Universo, cujas regras e condições expressavam-se em sua carne, em seus órgãos e em sua psique, natureza e essência. O homem da raça de ouro era uno com o universo, um microcosmos que buscava estar em perfeita harmonia com o macrocosmos; ele bailava conforme a música do universo, tal como a figura representativa do deus/deusa indiano Shiva. Ao homem da raça de ouro bastava o necessário, ele vivia cada momento de sua vida como deveria ser vivido.

Platão descreveu este processo em seu "Mito da Caverna". No início, o indivíduo é prisioneiro de suas próprias ilusões, sendo apenas mais um ignorante na caverna da existência temporal, onde só existe a realidade objetiva num mundo onde reina a vaidade, o materialismo e o desejo de poder. Em seguida liberta-se das amarras, rompe com essa realidade e sente-se desorientado tendo a vista ofuscada; confunde as coisas e não vê direito. Aos poucos começa a enxergar, até que sua vista fica adaptada e consegue ver. Sua libertação é uma tomada de consciência. Percebe uma situação que já existia desde o início, mas que não conseguia compreender, como veremos no mito de Édipo. Liberto da ilusão em que estava metido, consegue ver o mundo de outro jeito; fica maravilhado e entra em êxtase. Vê a beleza do Universo, suas engrenagens, a mítica “máquina do mundo”. Percebe que o Universo é “um só verso” e que há um lugar para ele nesta engrenagem; sua vida tem uma justificativa. O mito da Caverna de Platão nos diz que a vida nunca mais volta a ser a mesma, depois que certa fronteira é cruzada. Estamos no caminho da busca da sabedoria.

Os Hindus falam do Dharma, os gregos falavam do Daimon, Jung falou do Self. Esta é a verdade oculta na natureza essencial de cada indivíduo. “Conhece-te a ti mesmo” dizia Sócrates, frase que continuava com...” e então conhecerás os deuses e o Universo”. Essa é a função dos mitos na educação.

CAPÍTULO I

1 • SÓCRATES E OS SIMPÓSIOS: A PREPARAÇÃO DO JOVEM PARA A PAIDEIA

Vai muito longe o tempo em que Sócrates recomendava aos seus alunos procedimentos para poderem frequentar os Simpósios. Estes eram locais de encontro com os mestres para refletir e aprender as artes de viver e amar, bem como recriá-las e enriquecê-las da forma mais bela e criadora possível. Fazemos a seguir uma breve descrição das recomendações de Sócrates, para os jovens poderem frequentar os Simpósios:

"Passem a tarde debaixo de um Plátano (espécie de árvore sombreira), próximo de um rio; ouçam com atenção o doce ruído das águas; prestem atenção no vento a embalar as folhas das árvores e ouvirão sua bela música. Ocupem as mãos enrolando e desenrolando suas túnicas. Entrem em seu interior e reflitam; mas no máximo a dois, porque se estiverem em três nascerá a balburdia e a distração; lembrem-se que sem diálogo não há consciência, e que o diálogo perfeito é a dois. Se estiverem sós, falem com as árvores, com o rio e com os deuses. E não me venham para o Simpósio com a cabeça vazia!"

Vemos nestes conselhos a arte dos mestres em prepararem os jovens para uma das mais preciosas formas de buscar o saber: a reflexão.

A questão central é que a Paideia era vista como a formação do homem obra de arte, ético e criador. Tornar-se verdadeiro, ter a coragem de assim expressar-se e evoluir eram instrumentos fundamentais para formar um homem.

Não é demais recordar o significado da palavra original "de cor" – de coração. Queria dizer aprender a expressar-se com a verdade que estava contida no coração, ou seja, com sentimentos verdadeiros.

Por outras palavras, fundamental para a formação dos jovens era o aprimoramento da arte de ser verdadeiro, de ter a coragem de ser e assim revelar-se, procurando evoluir a partir daí.

Esta era a educação do homem criador e não somente do homem voltado ao conhecimento. Sócrates lembrava aos mestres que "temos muito pouco tempo para a educação ética da verdade e da coragem de ser. Para o conhecimento, temos toda a vida, mas se não formamos desde cedo o homem ético, a mentira e o vício logo se instalarão, para nunca mais deixá-lo".

2 • A FUNÇÃO DO GYMNASIUM PARA A FORMAÇÃO DO JOVEM

Este processo de construção do homem criador e ético era o que se chamava Paideia. Um local para o seu exercício era chamado de "Gymnasium", que derivou em nossa língua o que ficou conhecido como "Ginásio" e é um dos nomes da escola que frequentamos em nossa juventude, onde aprendemos Português, Matemática,

Geografia, Química etc. Mas o significado original de Gymnasium é bem diferente. Origina-se da raiz grega "Gymnós", que queria dizer desnudar-se. Dessa maneira, era um local destinado à arte de deixar a alma desnuda, ou seja, onde se aprendia a dizer a verdade, revelar-se e ter a coragem de se expor. Portanto, a etapa fundamental para a Paideia residia na arte de tornar-se verdadeiro (jamais mentir para a si e para o outro, claro), pois não existia vergonha maior na Antiguidade do que ter algo a esconder.

Na verdade, a nudez das estátuas gregas nada tinha de erótico aos olhos dos antigos. Sua extraordinária beleza residia no fato de que tudo que víamos no exterior, ou seja, sua nudez expressava a limpidez do interior, sem nada ocultar. Por outras palavras, essência e aparência deveriam coincidir, sendo este o objetivo maior dos antigos ginásios. Como vemos, a primeira grande arte era aprender a ficar nu; aqui começava a formação do jovem na Paideia.

3 • A HISTÓRIA DOS HOMENS: PROMETEU E O ROUBO DO FOGO DA INTELIGÊNCIA E DO PODER CRIADOR

Segundo as mais remotas tradições míticas e religiosas, houve um tempo em que tudo era eterno e os homens, imortais, viviam lado a lado com os deuses. Dessa era, chamada Idade do Ouro, nasceu a *raça de ouro*, origem primordial da humanidade. Mas um dia, o titã Prometeu quis impor-se aos demais deuses, usando um estratagema: roubou o fogo dos deuses, que era o poder criador e da inteligência, e deu-o aos homens, com a finalidade de armar um exército poderoso e com ele derrotar todos os deuses. Os homens aceitaram este fogo, mas recusaram a medida do seu uso. E assim é a humanidade até hoje: a um só tempo inteligente e criadora, desvairada e destruidora, pois no seu afã, transformou o fogo dos deuses em instrumento de poder à custa da destruição e sacrifício de seus semelhantes. O grande Zeus então afastou-se dos homens (em nossa tradição é contado como a expulsão dos homens do paraíso).

Essa raça de homens, expulsos e abandonados pelos deuses, inaugurou uma nova era, que foi chamada de Idade da Prata, com a correspondente raça dos homens que pertenciam a esse metal, mais degenerado que o ouro. Eram poderosos, embora desvairados. Zeus irou-se e enviou um grande dilúvio para varrê-los da terra.Quase todos pereceram e somente restaram uns poucos justos que ainda pela terra vagavam.

Zeus condoeu-se deles e criou uma nova raça, que chamou de *raça de bronze*, mas esta revelou-se igual ou pior que a *raça de prata*. Ao contrário do ouro, que é o metal que representa a eternidade na alquimia, pois jamais se corroi nem perde o brilho, esta raça representava o falso ouro, pois o bronze degenera-se com o tempo, embora brilhe como o ouro. Esta raça destruiu a si mesma, nascia lutando e morria lutando. Sua lei era a força, o egoísmo e o interesse. Finalmente, Zeus tomou os poucos humanos que restavam, tirou-lhes a imortalidade e dividiu-o sem duas metades: numa colocou o masculino, e na outra o feminino. Ordenou-lhes que buscassem eternamente sua parte perdida, e assim tivessem menos tempo para guerrear e mais para amar. A lei era nascer, conhecer uma breve juventude e glória, envelhecer e morrer. Essa foi a origem da *raça de ferro* à qual pertencemos. É a raça que as doenças carcomem; é a raça da felicidade efêmera; da riqueza e da pobreza; da fome e da abundância; da saúde e da doença; enfim, é a raça da ambiguidade, da qual ninguém escapará vivo.

Dizem que uma raça ainda mais degenerada já nasceu oposta à *raça de ouro*: é a *raça de plástico*, na qual tudo perdura por apenas alguns minutos. Já nasce velha, pois tudo nela é rapidamente consumido; envelhece fugindo da velhice. Assim é o desvario do consumo da modernidade, tudo que não é novo não nos serve mais e, por consequência, somos os primeiros a ser jogados fora. Prometeu foi castigado por Zeus por ter dado aos homens o fogo criador e da inteligência, mas recusado a medida do seu uso. Até hoje acontece com a humanidade: é poderosa e criadora, mas frequentemente suas desastradas criações resultam em destruição. A tradição conta-nos que Zeus castigou Prometeu acorrentando-o no Cáucaso, com uma águia a comer-lhe o fígado durante o dia. À noite, o fígado se regenerava. Este é o símbolo do desgaste que o trabalho causa em todos os mortais, e representa a vida aqui na Terra. Sendo o fígado o órgão do trabalho por excelência, esta imagem personifica com exatidão o desgaste que os mortais sofrem durante o dia pelo trabalho, recuperado-se à noite pelo descanso. O mito conta-nos ainda que, tendo Prometeu aprendido a lição, Zeus fez-lhe a seguinte pergunta: "O que preferes? Continuar imortal, porém acorrentado, ou ser liberto, mas perdendo a imortalidade?" Dizem que este foi o verdadeiro e primeiro presente de grego da história. Prometeu escolheu a perda da imortalidade para ter a conquista da liberdade e tornou-se assim o pai da humanidade. E daí em diante, a vida aqui na Terra segue esta lei: "Livre, porém mortal e não há nada que possa ser feito a esse respeito".

4 • O ENIGMA DA ESFINGE E O ORÁCULO DE DELFOS

Esfinge é uma palavra do egípcio arcaico que significa: "apertar a garganta até sufocar." A Esfinge era um animal mítico com cabeça de mulher, corpo de leão e asas de águia. Sua principal estátua ficava no templo de Apolo em Delfos.

Oráculo significa *profeta* ou *adivinho.* Delfos era um lugar sagrado onde o deus Apolo era consultado pelos antigos, através de sua grande sacerdotisa, que se chamava Pítia ou Pitonisa. Seu nome queria dizer *aquela que vence a escuridão.* A Esfinge era famosa por seus enigmas, mas todos eles tinham o mesmo desafio: "Decifra-me ou devoro-te", ou seja, quem não decifrasse o sentido da sua vida - o que veio fazer aqui na Terra - seria por ela devorado.

Um deles ficou muito conhecido e era mais ou menos assim: "O que é o que é? De manhã anda de quatro, ao meio dia anda sobre duas pernas e no entardecer com três pernas." Claro que se referia ao homem, pois quando criança anda de quatro, adulto anda em duas e ao envelhecer precisa de uma terceira perna, que é a bengala. Mas todo mundo nasce, cresce, envelhece, morre e, no entanto, cada um é diferente do outro. Por isso a Esfinge sufoca e asfixia: é quando sentimos que nada sabemos de nós, quando o tempo nos angustia, passa cada vez mais depressa, e não compreendemos o nosso passado, que tanto nos prende, ficando sem direção para o futuro.

Na verdade seus enigmas poderiam ser resumidos nestas perguntas: "Quem sou eu e que faço aqui? De onde venho? Para onde vou?" Eis a chave do Enigma da Esfinge: Conhece-te a ti mesmo, depois aos outros e, finalmente, busca conhecer o mundo. Só assim te tornarás um homem de verdade.

5 • ÉDIPO E ANTÍGONA: O QUE É SER UM HERÓI E UMA HEROÍNA DE VERDADE?

A história de Édipo e Antígona era conhecida na Antiguidade como "a maldição dos Labdácidas", referindo-se a uma determinação do deus Apolo de que Laio, filho de Lábdaco e pai de Édipo, bem como todos os seus descendentes, morreriam, sem que a estirpe tivesse continuidade. Esta maldição teve origem no fato de que todos os descendentes do primeiro rei de Tebas, Cadmo, foram cruéis, preferindo uma vida materialista, traindo o juramento que fizeram aos deuses de governarem a cidade com justiça e humildade.

Os filhos de Cadmo são: Polidoro (aquele que tem "muitos dotes", mas desperdiçou todos), Lábdaco (quem se desviou dos caminhos), Laio (conduz-se por linhas tortas), e Édipo, filho indesejado deste último (o de pés inchados, ou seja, aquele que tem dificuldade para encontrar o seu caminho). Antígona, filha e ao mesmo tempo irmã de Édipo, significa "quem procura aparar as arestas, ou seja, aquela que busca o entendimento com justiça".

A história de Édipo inicia-se quando seus pais, Laio e Jocasta, consultaram o oráculo de Delfos para saber de seu futuro e este lhes disse que, caso tivessem um filho, este mataria o pai e casar-se-ia com sua própria mãe, praticando incesto e tendo com ela filhos. Horrorizados com a terrível profecia, decidiram nunca ter filhos, mas um dia, num festim tomaram mais vinho que deveriam e Jocasta engravidou. Quando o casal se apercebeu do fato decidiu que, assim que o filho nascesse, dele haveriam de se livrar, para que a maldição não se consumasse.

De fato, quando a criança nasceu, entregaram-na para um servo com a determinação de que furasse seus pés e neles introduzisse uma corda, amarrando-a de cabeça para baixo numa árvore para que expirasse. Mas o destino escreve certo por linhas tortas e um pastor, a serviço do rei de Corinto, encontrou a criança. Como seu senhor não tinha filhos, embora muito o desejasse, levou-a e ofereceu-a ao rei de Corinto. Ele e sua esposa imediatamente se encantaram, considerando a criança um presente dos deuses e, como não sabiam de seu nome, chamaram-no de Édipo, devido à sua condição (o de pés inchados).

Cresceu sem saber de sua verdadeira origem, mas um dia, quando atingiu a maioridade, consultou o oráculo de Delfos – o mais importante adivinho da Antiguidade - para saber de seus caminhos, como todos os jovens faziam naquela época. O oráculo disse-lhe que estava condenado a matar seu pai e deitar com sua própria mãe. Horrorizado com a profecia, decidiu não retornar para Corinto, pois acreditava que lá estavam seus verdadeiros pais, e resolveu dirigir-se a uma cidade estrangeira. No caso, essa cidade era Tebas, que ironicamente era a de sua verdadeira origem. No caminho cruzou com uma carruagem numa ponte, onde estava, sem que o soubesse, seu verdadeiro pai. Este exigiu que abrisse caminho, mas Édipo considerou que era seu direito passar pela ponte primeiro, uma vez que já a estava atravessando quando foi interceptado. O resultado foi uma luta feroz, na qual Édipo matou seu verdadeiro pai sem saber quem era e a todos os que o acompanhavam, menos um que fugiu esbaforido.

Quando chegou a Tebas, ofereceram-lhe a mão da rainha viúva de Laio, ninguém menos que sua própria mãe. Casou-se com ela e tiveram quatro filhos, mas os sacerdotes da cidade impuseram-lhe como condição de permanência no trono que, além de desvendar o Enigma da Esfinge (quem és tu, de onde vieste, para onde vais?), encontrasse o assassino de Laio.

Aqui está a questão central: aquele que não sabe de si terá de encontrar a verdade de sua origem, ou seja, é o enigma socrático do “conhece-te a ti mesmo”. Por outras palavras, o homem não tem outra saída a não ser o conhecimento de si próprio. Além disso, este autoconhecimento exige a busca da verdade. Arduamente Édipo busca o assassino de seu pai, que obviamente acaba se revelando ser ele próprio. Pior ainda, acaba por descobrir que é o marido de sua própria mãe e que com ela gerou quatro filhos.

Horrorizado com esta confirmação do oráculo, arranca os próprios olhos e parte para o exílio, que durará, segundo a tradição, mais de sessenta anos, perambulando pela antiga Grécia como suplicante. Esta grande peregrinação resultará numa purificação que fará de Édipo um homem santo e eleito dos deuses, pois teve a coragem de buscar a verdade sobre si e arcar com todas as suas consequências - mesmo não sabendo quem era desde seu nascimento e tendo sido condenado a morrer antes de nascer. Por outras palavras, esta é a pior condição que um ser humano pode encontrar: a negação do direito de viver, antes mesmo de nascer, e a condenação a cometer os piores crimes – o parricídio e o incesto – por desconhecer sua origem.

Antígona era filha e irmã de Édipo e o acompanhou durante todo o seu exílio até sua morte, que ocorreu no local sagrado chamado *Jardim das Eumênides* (local onde somente aqueles que não devem nada à verdade poderiam entrar). Foi quando todos procuraram seu corpo, mas nada encontraram, porque ele havia se tornado um filho de deus. Como vemos, esta é a história arcaica de um proto-Cristo. O mais maldito dos homens tornou-se um imortal porque lutou pela verdade e não teve medo de enfrentar suas consequências. Pense sobre isso, porque este é o verdadeiro caminho do herói: a busca da verdade a qualquer custo.

Por sua vez, Antígona é por excelência a história da nobreza do feminino. Após a morte de seu pai, que ela seguira durante toda sua vida, retorna a Tebas encontrando seus dois irmãos, Etéocles e Polinices, mortos, na luta pela posse do trono de Tebas. O primeiro caiu dentro dos portões e o segundo, fora. Seu tio Creonte, irmão de Jocasta, assumiu o trono e declarou herói aquele que morreu dentro dos portões e inimigo aquele que morreu fora deles. Decretou ainda que o corpo de Polinices deveria ser abandonado aos cães e aos abutres e que ninguém poderia tocá-lo, sob pena de morrer apedrejado. Já o de Etéocles, que morrera dentro dos portões, supostamente defendendo a cidade, deveria ter funerais de herói.

O que vemos aqui é a falsa fabricação do herói, uma vez que Polinices, ao lutar pela posse do trono, apenas reivindicava seu justo direito, pois estava previamente combinado que cada um governaria a cidade por um ano, e assim se revezariam. Ocorre que Etéocles, seduzido pelo poder, não cumpriu o trato, obrigando Polinices a buscar seus direitos, armado de um exército. Foi assim que os dois encontraram a morte na disputa pelo trono e Creonte, como bom político corrupto, fez de um herói e do outro vilão, para sua conveniência.

Antígona, mesmo sabendo do decreto que proibia enterrar seu irmão Polinices, executa os rituais fúnebres. Sua irmã Ismene tenta demovê-la, em vão. Irritada, Antígona exige-lhe que se dirija a Tebas e declare em alto e bom som que foi ela, sim, que enterrou seu irmão. Tocamos aqui na arcaica lei dos deuses que determinava que todo homem tinha o direito inalienável de "nascer, viver e morrer com dignidade e honra"; além disso, os ritos fúnebres eram responsabilidade feminina na Antiguidade.

Isto foi numa época em que a mulher exercia rituais religiosos, algo que está perdido na modernidade. Todos sabemos que os rituais religiosos e o sacerdócio são propriedade exclusiva do masculino há mais de dois mil anos. O resultado é que Antígona é condenada à morte por ousar enterrar seu irmão, declarado inimigo da cidade. Quando ela é trazida prisioneira para o rei Creonte trava-se o seguinte diálogo:

Creonte: "Não sabias que havia um edito real proibindo enterrar esse inimigo de Tebas?"

Antígona: "Sabia, como não? Era público e notório!"

Creonte: "E como ousaste desobedecê-lo?"

Antígona: "Porque não é a você que devo obediência, mas aos deuses". As leis da vida e da morte não me pertencem e não lhe pertencem; não serei eu a julgá-lo, pois a mim cabe tão somente enterrá-lo. É o deus dos mortos, Hades ou Plutão, e sua esposa Perséfone, a juíza infernal, que o farão. Essas leis vigem desde a noite dos tempos, sem que ninguém possa dizer nem de onde nem quando se originaram. E não será você, um rei mortal condenado ao esquecimento, que me dirá se devo ou não obedecê-las.

"E digo mais: se eu tiver de escolher entre suas leis – as leis dos homens – e as leis dos deuses, com estas ficarei, mesmo que me custe a morte, pois não conheço outra lei senão a do amor. Para esta nasci e assim morrerei e o único mandamento é o dos deuses: o direito inalienável de nascer, viver e morrer com dignidade e honra."

Aqui vemos o verdadeiro significado e a grandiosidade do heroico feminino, que não precisa de armas para se expressar, pois detém a maior e mais poderosa delas: a dignidade e a honra no viver.

CAPÍTULO II

OS 12 TRABALHOS DE HÉRCULES

Os doze trabalhos de Hercules estavam voltados para as tarefas que o jovem deveria realizar, se quisesse evoluir em direção à verdade e tornar-se criador. É emblemático que ele fosse um homem fortíssimo e que, no entanto, em todos os trabalhos sua força física se revelasse inútil, ou seja, o mais forte dos mortais teria de realizar tarefas dificílimas, abrindo mão de sua força física, teria que aprender a trilhar não o caminho da brutalidade, mas o da iluminação e da sensibilidade.

É importante observar que Hércules era, para os gregos, especialmente para os jovens, um herói nacional e modelo de conduta. Isto significava que, desde cedo, o jovem aprendia a abrir mão da força bruta e do instinto cego, e a desenvolver sua sensibilidade, intuição e civilidade. Mais ainda, somente obtinha sucesso em suas empreitadas quando ajudado pela deusa Atená, que significava a sabedoria, por Eros, símbolo do amor, e por Hermes, que lhe dava os caminhos da inteligência e da sensibilidade.

1 • O LEÃO DE NEMÉA

Seu primeiro trabalho foi enfrentar o leão de Neméa, que tinha pele invulnerável. Somente conseguiu vencê-lo quando o sufocou, e não através de suas armas. Isto significa que o caminho do homem passa por sufocar o leão que está em seu interior, caso contrário, não poderá haver civilização. É símbolo da violência desgovernada, que precisa ser contida através do exercício diário de sufocá-lo. Por outras palavras, o leão não pode ficar à solta, como acontece nos dias de hoje.

2 • A HYDRA DE LERNA

O segundo trabalho estava voltado a enfrentar um monstro terrível, a Hydra de Lerna. Tinha nove cabeças e uma delas era imortal; pior ainda, se se cortasse uma, nasceriam duas no lugar. Esse monstro representa nossos vícios, que costumam se multiplicar ou renascer com força renovada, quando tentamos governá-los. Hércules só conseguiu vencê-lo quando, ao cortar cada cabeça, imediatamente queimou o ponto de corte com uma tocha de fogo. Isso significa que é no fogo da coragem que se controla o vício. Teria ainda que enfrentar a cabeça imortal que, mesmo cortada, continuava viva. Assim são os vícios: mesmo quando os vencemos, continuam vivos e a qualquer momento podem contra-atacar. Não teve alternativa senão seguir o conselho de Hermes, abrindo uma cova, enterrando essa cabeça e colocando uma pedra sobre ela, vigiando-a pelo resto da vida.

Sócrates dizia aos jovens que não existiam de nascença pessoas viciadas ou virtuosas; todos nasciam com vícios e virtudes, mas a grande diferença surgiria ao longo da vida, pois alguns iriam dedicar-se ao governo de seus vícios, enquanto outros a eles se abandonariam; aí sim, surgiria a grande diferença entre o homem virtuoso e o homem corrupto. Completava ainda dizendo que "o exercício da virtude não era senão a eterna vigilância do vício". Era necessário dedicar diariamente um tempo para examinar os vícios guardados debaixo da pedra que cada um tinha em seu imaginário, e buscar formas de mantê-los sobre controle.

3 • O JAVALI DE ERIMANTO

Era um animal sem fronteiras, que devastava tudo por onde passava; e esta é realmente uma característica do javali, é um animal que não respeita as fronteiras territoriais dos outros animais. Teve que persegui-lo durante muito tempo e somente quando o encurralou num vale nevado conseguiu caçá-lo, uma vez que neste terreno o animal não conseguiu correr e exauriu suas forças. O javali representa nosso instinto desgovernado, que não respeita as fronteiras dos outros e daquilo que não nos pertence. Achamos gracioso quando uma criança se apropria de todos os objetos que vê pela frente, seja em sua casa ou na dos outros. Mas não achamos nada engraçado se algum adulto o fizer; pior ainda é quando alguém se mostra inconveniente, fazendo perguntas impertinentes ou invadindo o espaço alheio, seja ele físico ou íntimo.

Estamos falando aqui de invasão de privacidade e do ato bárbaro de apoderar-se dos pertences alheios, que é próprio do saque e da selvageria. É que o principio fundamental da civilidade funda-se no aprendizado da arte de respeitar e não se apoderar daquilo que não lhe pertence. E isso inclui aprender a governar a curiosidade mórbida, o ímpeto de invadir a vida alheia (fofocas, e outros comportamentos que tanto vemos serem ensinados nas novelas, no Big Brother etc), por puro ímpeto de devassá-la e de desrespeitá-la. Assim, vemos que o javali somos nós e que aprender a governá-lo é outra tarefa inadiável da Paideia. Não se invade a privacidade, nem os direitos do outro, e esta arte de respeitar o próximo é que funda o verdadeiro ato social.

4 • A CORÇA CERINITA

Era um animal sagrado consagrado à Ártemis, a deusa protetora da natureza. Só que ele não poderia feri-la em hipótese alguma e, portanto, sua força e suas armas eram absolutamente inúteis. Este animal era sagrado, pois celebrava a delicadeza, a agilidade e a elegância, que eram atributos muito caros à deusa. Realmente, a corsa é capaz de desenvolver velocidades de até 90 km por hora por mais de trinta minutos, e atravessar um bosque inteiro sem resvalar num único galho, tal a sua agilidade e leveza. Representa desse modo, um ideal de domínio do corpo e de respeito à natureza a ser alcançado. É símbolo do sagrado, na medida em que não destrói, vivendo de forma elegante e ágil.

O aprendizado do culto do sagrado era realizado nos próprios bosques, e a grande prova era aprender a percorrer um deles sem danificar um único arbusto ou planta; era um dos exercícios obrigatórios para a educação do jovem. Hércules não conseguiu alcançar o animal, apesar de persegui-lo durante um ano, pois seus pés eram de bronze e lhe proporcionavam uma velocidade extraordinária.

Além disso, tinha chifres de ouro, que representavam a sabedoria da natureza. Note-se que na Antiguidade os chifres eram símbolo de força bruta e transformá-los em ouro significava colocar essa força a serviço da sabedoria. O fato de crescerem na cabeça indicava onde a sabedoria deveria instalar.

E realmente, somente quando ouviu o conselho de Atená "é pela cabeça e nunca pelos pés que a alcançarás", pôde dela se aproximar. Vislumbrou-a próxima do templo de Ártemis e serenamente estendeu as mãos para tocar-lhe os chifres – o que ela permitiu de bom grado. Hércules conquistou a corsa Cerinita, sem o uso da força e sem precisar persegui-la. Assim, conhecer e compreender a natureza como algo delicado e sagrado, e aprender a usufruir o que nos oferece sem devastá-la, era outra etapa da Paideia.

5 • OS ESTÁBULOS DE AUGIAS.

No quinto trabalho, Hércules teve de limpar os estábulos de Augias, onde havia esterco acumulado há anos. É que Augias era um rei muito ganancioso e adubara excessivamente suas terras, na ânsia de obter mais colheitas, mas o resultado foi que acabou queimando o solo. A deusa da terra cultivada, Deméter, condenou-o a nada plantar durante sete anos nessa terra - daí o esterco ter-se acumulado.

Hércules construiu um canal em direção aos estábulos e depois desviou o curso do rio Alfeu, de modo que a torrente de água invadisse os estábulos, varrendo todo o esterco. Este trabalho estava voltado para o aprendizado das artes da higiene pois, para os antigos, a limpeza do corpo e da alma era tarefa fundamental.

Mas o que não sabemos mais é fazer a higiene da alma, que os antigos praticavam diariamente. Para tanto, frequentavam as termas, que eram locais de banho e de ócio. Lá, enquanto banhavam o corpo, limpavam a alma de toda a sujeira acumulada durante o dia – rancores, ciúmes, raivas, frustrações etc. O banho interior, que era feito ao mesmo tempo do banho exterior, tinha o nome de "Catharses", que queria dizer purificação. O objetivo era ter diariamente um corpo limpo e uma alma limpa, sem rancores, sem inveja, sem remorsos enfim, e reconquistar a alegria de viver.

Esta tarefa tinha como finalidade literalmente "lavar a alma e lavar o corpo", ao mesmo tempo. A higiene do corpo e da alma tem que ser diária.

6 • OS PÁSSAROS DO LAGO ESTÍNFALO

No sexto trabalho, Hércules teve de enfrentar os terríveis pássaros do lago Estínfalo, cujos bicos, penas e pés eram de bronze. Eram pássaros antropófagos que atiravam suas penas como flechas, matando suas vítimas. Mas uma vez, sua força e armas eram inúteis, pois eram muitos e voavam muito alto. A deusa da sabedoria, Atená, enviou-lhe dois chocalhos de ouro, dizendo-lhe que somente com eles poderia vencê-los. Naturalmente, Hércules ficou muito tempo pensando o que fazer com esses curiosos instrumentos, até perceber que ao tocá-los emitiam um ruído ensurdecedor, que afugentava os pássaros. Além disso, quando persistia, seu ruído poderoso acabava estourando os tímpanos dos pássaros mais próximos, matando-os.

Surgiu Hermes, o deus dos caminhos, que lhe disse: "Estes são os avisos de Atená de que é preciso cumprir o destino para vencer estes pássaros". E realmente, representavam o perigo de voarmos alto demais, em nossos delírios e sonhos de conquista. Podemos até alcançá-los, mas corremos o risco de pagar com a vida por essas manias de grandeza. Pior ainda será desperdiçar a vida buscando algo que só alcançamos quando ela termina. Por isso esses pássaros eram antropófagos, pois devoravam quem sonhasse alto demais.

Mais ainda, os chocalhos representavam os avisos da intuição de que não devemos embarcar em projetos e aventuras que custem a vida. A tarefa inadiável deste trabalho residia no aprendizado de não nos envolvermos nem nos desgastarmos em projetos que façam escapar por entre os dedos a mais preciosa das moedas: tempo para viver.

7 • O TOURO DE CRETA

No sétimo trabalho, Hércules deveria vencer um touro enfurecido, que ficou conhecido como o touro de Creta. Representava a brutalidade e a violência que tudo devasta, para satisfazer seus instintos. Este touro será o pai do terrível Minotauro, monstro com corpo humano e cabeça de touro, que se alimentava de carne humana. Ele concentrava tudo aquilo que o homem não deveria ter: cabeça de touro (símbolo da estupidez) e corpo humano (símbolo da fragilidade). O destino do homem é a cabeça dos deuses e o corpo do touro. Na verdade, este touro representa o resultado que encontramos em todo aquele que só cultiva a força física e a força sexual, como suas qualidades máximas. Para conferir, basta um rápido passeio pelas academias de musculação espalhadas pelas cidades; estão lotadas de "minotauros" e "minotauras". A tarefa inadiável está em desenvolver a arte de cultivar aquilo que os antigos chamavam de "mente sã em corpo são".

E "corpo são" não significa meramente exercitá-lo ou praticar alimentação moderada; é muito mais do que isto. É que, na modernidade, há raras academias para o exercício da mente sã.

8 • OS CAVALOS DE DIÔMEDES

No oitavo trabalho, Hércules teve de enfrentar os cavalos de Diomedes, que eram antropófagos. Alguns autores diziam que eram éguas, mais isso é incorreto, porque no grego antigo não existe a palavra que designa o feminino de cavalo, como nas línguas latinas. A palavra em grego "hippos" designa tanto cavalo quanto égua. Estes animais representavam um instinto sexual desgovernado, sendo considerada grave ofensa alguém ser chamado de "hippos" na Antiguidade. Isto porque os impulsos sexuais deveriam ser elaborados e governados por um princípio que chamavam de "erotismo"; ou seja, era severamente condenado como bárbaro aquele que – homem ou mulher – deixasse seus impulsos sexuais à solta.

Seria por eles devorado, significando que quem se deixasse levar cegamente pelos seus impulsos sexuais, cedo ou tarde acabaria por eles arruinado. Pior ainda, seria presa fácil de amores desastrados, que acabariam por destruí-lo. Não é de espantar que este fosse um dos temas constantes dos Simpósios frequentados pelos jovens. Estes, tendo um instinto sexual à flor da pele, mais tinham o que aprender na longa arte de transformá-lo em erotismo e sensualidade, e não se deixar levar pelas paixões impulsivas. E realmente, o companheiro de Hércules, que era um jovem muito fogoso, aproximou-se perigosamente desses cavalos, pois estava fascinado pela sua beleza, e foi devorado.

9 • O CINTO DE HIPÓLITA

Concentra talvez a mais bela e árdua tarefa da arte de amar. Ele deverá conquistar o cinto de Hipólita, a mais nobre das mulheres e rainha das Amazonas. Note-se que este cinto, símbolo do amor na Antiguidade, não poderia ser arrebatado à força. Ele teria de encontrar os meios para que ela o entregasse por sua livre e espontânea vontade. Mais uma vez, as armas e a força bruta eram inúteis: e desde quando são necessárias, para conquistar o coração de uma mulher de elevada nobreza?

Dessa maneira, viu-se Hércules completamente desarmado, indo buscar conselhos dos oráculos para saber como agir. A resposta que recebeu foi: "Somente quando mostrasse seu verdadeiro eu, teria a chance de ser amado e, mesmo assim, correria o risco de ter o seu amor negado." Mas não havia alternativa, pois a única forma de ser amado era mostrar quem era verdadeiramente. Não há melhor persuasão do que a verdade.

Vemos aqui o grande aprendizado para a arte de amar; é árduo aprender a mostrar quem realmente somos. Corremos o risco de não sermos amados, mas se o formos, seremos pela nossa verdade, e nunca pelas imagens, disfarces e máscaras – que cedo ou tarde cairão. E realmente, quando ele se revela na sua autenticidade, Hipólita entrega-lhe o cinto de bom grado.

10 • OS BOIS DE GERIÃO

Hércules teve como missão buscar os belíssimos bois de pelo de ouro, que pertenciam a Gerião. Estavam numa terra distante, próxima do Monte Atlas, que estaria hoje no atual Marrocos. Estes bois eram símbolo de posse e riqueza, tanto pelo seu pelo de ouro, como pelo fato de que possuir gado sempre representou riqueza.

O grande desafio nesse trabalho era levá-los para Hera, deusa que representava o casamento e a fecundidade da terra, sem se apoderar de nenhum deles. Era, portanto, uma prova de desapego, que Hércules cumpriu, mas não sem grandes dificuldades. Venceu Gerião e seu cão bicéfalo que os guardava, mas quando iniciou seu retorno teve de enfrentar o terrível gigante Anteu.

Naturalmente, ele cobiçou os bois e exigiu que Hércules os entregasse. Esse gigante era um monstro empreendedor; construía cidades, estradas e monumentos. Mas o fazia à custa de inúmeras vidas e costumava amontoar os ossos dos que morriam, construindo suas obras na entrada das cidades. Além disso, sua força vinha da terra, ou seja, toda vez que tocava o solo suas energias se renovavam.

Hércules iniciou uma luta de vida ou morte com Anteu, mas toda vez que o derrubava, ele reerguia-se com as energias desdobradas, que a terra lhe fornecia. Atená enviou-lhe, no entanto, um conselho através de Hermes: "Aqueles que se alimentam da terra não suportam a transcendência do ar". Hércules custou a entender, mas finalmente percebeu o significado da mensagem: A terra representava a matéria, como os bois também, ou seja, as posses. Já o ar, representava a espiritualidade e o desapego. Compreendeu que os materialistas não suportavam a espiritualidade, uma vez que dedicavam sua vida ao trabalho, para as conquistas e as posses. Teve a ideia de erguê-lo no ar e, imediatamente, Anteu morreu sufocado.

A tarefa proposta neste trabalho é bem clara: o progresso empreendedor não pode custar vidas humanas, e quem dedicar sua vida somente à conquista de bens terá um triste fim. Ficará desesperadamente apegado à matéria, mas o envelhecimento e a morte o obrigarão a deixá-la. Como não tem alternativa espiritual, cada vez mais se desespera conforme a velhice e a morte se aproximam.

11 • OS POMOS DE OURO DOS JARDINS DAS HESPÉRIDES

Estes pomos simbolizavam a eterna fecundidade que todos almejamos para a nossa vida. Um de seus aspectos refere-se à nossa esperança de constituir família e deixar filhos, pródigos e sadios. Mas há um outro aspecto, da mesma relevância: trata-se de encontrarmos o que há de mais fecundo em nós, descobrindo e desenvolvendo nossos potenciais, em direção à criação. Sem dúvida, esta era uma das tarefas mais prementes e constantes exercitadas nos Simpósios.

Para tanto, Hércules teve de empreender longa viagem até encontrar esses maravilhosos jardins. Deveria levar os pomos de ouro, que pertenciam à deusa Hera, para a deusa da sabedoria, Atená. Tinham sido um presente de casamento da grande mãe Gaia (a grande mãe terra, genitora de todos os deuses), por ocasião de seu casamento. O símbolo é claro aqui: a fecundidade estava destinada à sabedoria e não à mera reprodução sexual.

Quando lá chegou, após varias peripécias, conseguiu tomar os pomos e levá-los para Atená. Esta, por sua vez, determinou que fossem devolvidos aos jardins das Hespérides, pois somente lá a fecundidade era eterna. Declarou ainda que somente pela busca da sabedoria é que cada um poderia tornar-se fecundo e criador.

A atualidade dessa questão é extraordinária: quantos de nós dedicam, ao menos parte de sua vida a encontrar, através dos talentos e potenciais, uma sabedoria fecunda e criadora?

12 • A CAPTURA DE CÉRBERO

O décimo segundo e último trabalho, foi sem duvida o mais árduo de todos. Teria de capturar vivo Cérbero, o cão que guardava a soleira da morte. Era dócil com quem quisesse entrar no mundo dos mortos, mas implacável com quem tentasse sair.

Era o cão da juíza infernal Perséfone, esposa de Hades. Ela presidia o julgamento dos mortos, considerando o que fizeram com sua vida. Esse cão tinha três cabeças, porque cada uma media o que os homens fizeram em vida de nobre, bom e belo; disso dependeria seu aprisionamento no Hades, ou sua libertação, para partir de volta para seu astro guia, e preparar-se para uma nova existência num corpo novo.

Os povos arcaicos acreditavam que voltaríamos muitas vezes a viver num corpo novo, num processo continuo de evolução, até reconquistarmos a imortalidade perdida. A este processo chamavam de "Metempsicose", ou regeneração dos corpos. Já ao processo de evolução durante uma mesma vida, chamavam de "Metamorfose" – a forma de vida que evolui.

Naturalmente, pertencia ao livre arbítrio de cada um a decisão de evoluir nesta vida ou nada fazer, ou mesmo regredir. Para o pensamento arcaico, o homem tinha uma responsabilidade inalienável com o que fizesse nesta existência. Havia um ditado antigo que dizia: "Os deuses não impõem ao homem o destino a cumprir, apenas sugerem; mas o destino acalanta quem o segue, e arrasta quem nega".

O conceito de destino na Antiguidade é muito diferente da visão moderna; o destino nada mais era do que a descoberta e realização plena de todos os potenciais, encontrados na natureza de cada um. Por outras palavras, cumprir seu destino era tornar-se cada vez mais ele próprio, mas evoluindo ao máximo, a partir de sua natureza.

Capturar a morte significava superar esse eterno retorno para a Terra, e isto só poderia ser feito dedicando a vida ao exercício da nobreza, da beleza e da bondade. Este era o único caminho proposto aos homens pelos deuses, para metamorfosear o corpo e a psiquê em espiritualidade. Na geometria sagrada de Pitágoras, isto era representado pelo quadrado (corpo e psique), indo em direção ao triângulo (espiritualidade), que por sua vez buscaria o círculo (os deuses). É a famosa “Quadratura do círculo”, de que tanto falavam os alquimistas. Vemos assim que os doze trabalhos de Hércules eram as doze etapas da Paideia, para vencermos nossa brutalidade e barbárie original, e conquistarmos a espiritualidade e a sabedoria, através da pratica da nobreza beleza e bondade.

CAPÍTULO III

1 • ORFEU E EURÍDICE: O AMOR QUE LIBERTA

Orfeu e Eurídice foram predestinados pelos deuses a ensinar aos homens o caminho criador, pela via do amor. Fundaram uma religião conhecida como o Orfismo, que é a primeira religião consagrada ao amor em solo europeu. Na verdade, é considerado o fundamento e a origem arcaica do cristianismo. Por ordem de Apolo (deus da luz e do entendimento), seu culto instalou-se na Trácia, região ao norte da Grécia, que significava terra santa. Orfeu recebeu de seu pai Apolo uma lira de sete cordas com o poder de encantar a todos que a ouviam. Dizem que, quando a tocava, até os animais ferozes tornavam-se dóceis, e que as pedras viravam em sua direção para escutar a bela música. Na Antiguidade a música era considerada linguagem dos deuses e tinha o poder de transmitir a suprema beleza e harmonia cósmica.

Quando conheceu Eurídice, Orfeu por ela se apaixonou e ela também encantou-se por ele. No dia de suas núpcias ocorreu, no entanto, uma tragédia: quando ela passeava pelos bosques, plena de felicidade, uma víbora picou seu calcanhar, causando sua morte, para desespero de Orfeu. Este não se conformou em perdê-la e rogou ao seu pai Apolo que a trouxesse de volta. Condoído pela dor do filho, enviou o deus Hermes em seu auxílio, pois ele era o único dos deuses que podia adentrar o mundo dos mortos (o Hades), onde Plutão e sua esposa Perséfone reinavam supremos. Lá chegando, conseguiu amansar o coração implacável dos deuses infernais, tocando sua lira de irresistível doçura. Concederam que Eurídice voltasse para o mundo dos vivos, desde que Orfeu não olhasse para trás durante o percurso de volta, em direção à superfície da terra. É que o Hades, ou o reino dos mortos para os antigos gregos, situava-se no centro da terra.

Durante a subida, Orfeu foi assaltado pela dúvida e pensou: "Será que os deuses infernais me enganaram? Será que Eurídice está mesmo logo atrás de mim?" E não resistindo à curiosidade e à dúvida olhou para trás, contrariando as ordens dos deuses infernais que tinham advertido para que não o fizesse. Teve apenas tempo para vislumbrar sua amada Eurídice ser para sempre arrastada para o mundo dos mortos. Seu pai Apolo, assim que soube do ocorrido, chamou Orfeu e disse-lhe: "Você quis Eurídice somente para si e por isso a perdeste. Na verdade quiseste aprisioná-la para seu gozo e prazer. Exijo que, de agora em diante, ensines aos homens o que você tão arduamente aprendeu: o verdadeiro amor não foi feito para nos apoderarmos um do outro, mas para libertá-lo. E o amor se exerce com confiança, jamais duvidando. Vai agora e ensina aos homens estas lições, fundando a religião do amor".

E assim Orfeu partiu em peregrinação pela Trácia, espalhando a dura lição que aprendera e sempre declarava: "Eurídice viva teria me concedido a embriaguez e a estupidez de uma felicidade fácil e sem esforço. Morta, fez-me achar o caminho verdadeiro do amor. O amor verdadeiro não se apodera da pessoa amada, ao contrário, liberta. E é esta a religião que venho aqui ensinar."

Vemos que se trata de uma religião que cultivava a mais elevada forma de amar – o amor libertador, por oposição ao amor que se apodera. E esta é a doutrina do amor religião que ensinava o respeito e a dignidade com relação à pessoa amada. Além disso, era a doutrina que ensinava a libertação de nossa alma prisioneira, uma vez que Eurídice não representa apenas a busca do amor pelo sexo oposto; representa tudo aquilo que está em nosso interior (nossos talentos, nossa energia criadora, nossa coragem de sermos verdadeiros).

A libertação de nossa alma prisioneira somente será possível se tivermos coragem de descer aos nossos próprios infernos. Traduzindo, ninguém se torna um homem de verdade se não tiver a coragem de enfrentar e superar seu próprio inferno, ou seja, a coragem de enfrentar o autoconhecimento.

2 • PERSEU E A MEDUSA: PARA VENCER O MEDO DO DESCONHECIDO

O mito conta-nos que a Medusa era de uma extraordinária beleza e gabava-se de seus belíssimos olhos azuis e cabelos dourados, chegando mesmo a desafiar a deusa da sabedoria, Atená, dizendo-se mais bela do que ela. Atená resolveu castigá-la pela sua arrogância e disse-lhe: "Você se vale de sua beleza para seduzir e usar aqueles que por você se encantam, mas eu revelarei tuas verdadeiras intenções. De agora em diante, seu doce olhar transformarei em gélido clarão e quem a encarar será morto petrificado por este olhar. Além disso, seus belos cabelos transformarei em serpentes, pois é como você sempre os utilizou, afinal, seu amor é o amor da serpente; você encanta para petrificar quem cai em suas rédeas". E então Atená transformou a bela Medusa numa horrenda figura de rosto assustador, com cabelos de serpente e olhos que petrificavam quem ousasse encará-los. Trata-se de uma máscara que revela as verdadeiras intenções daqueles que tentam falsamente nos seduzir e encantar. Também reflete nossa reação frente ao novo e desconhecido, pois é assim que reagimos, com temor, frente ao que não entendemos ou desconhecemos, tentando fugir ou negar, mas somente o caminho da sabedoria poderia nos dar a coragem de enfrentar a Medusa. Ou seja, o desconhecido deve ser desvendado e aceito, mas jamais destruído; é muito fácil reagir ao desconhecido com preconceito, desprezo ou rejeição.

A história de Perseu mostra-nos o caminho que devemos seguir, para enfrentar toda sorte de desconhecidos que haverão de surgir em nossa vida. Atená encarrega-o da missão de matar a Medusa e trazer sua cabeça. Como Perseu não sabe onde ela vive, consulta em seu caminho as três Greias, pois eram as únicas que conheciam a sua morada. Elas eram tão velhas que dividiam um único olho para enxergarem e um único dente para comerem. É que quando eram jovens e belas, o grande Zeus concedera-lhes uma graça e elas pediram para nunca morrer, mas esqueceram de pedir para não envelhecer. Zeus atendeu a seu pedido e assim, embora fossem imortais, envelheciam a cada ano que passava, sem que pudessem morrer; daí sua enorme decrepitude...

Quando Perseu pediu que revelassem a morada da Medusa, elas, por inveja da juventude de Perseu, recusaram-se, mas ele, muito astutamente, roubou seu único olho e seu único dente quando estavam distraídas e disse-lhes que somente os devolveria se revelassem a morada da Medusa. Mais que depressa as três Greias o fizeram, mas Perseu, por via das dúvidas, partiu levando consigo seu único olho e o único dente, dizendo-lhes que os devolveria quando retornasse, pois queria ter certeza que não haviam mentido. Quando chegou ao lugar indicado pelas Greias realmente lá se encontravam a Medusa e suas duas irmãs. Mas Perseu sabia que não poderia ver a Medusa de frente, pois morreria petrificado. Valeu-se de um estratagema: esperou que ela adormecesse e, polindo seu escudo até que se transformasse em um espelho, pode nele ver o reflexo da Medusa. Aproximou-se sorrateiramente e desferiu um golpe certeiro para cortar-lhe a cabeça, mas sem olhar para ela diretamente e sim no reflexo de seu escudo.

Partiu a toda pressa, devolveu no caminho o olho e o dente para as Greias, e dirigiu-se ao Olimpo para entregar a terrível cabeça, que não perdia seu poder, mesmo cortada, para a deusa da sabedoria Atená. Esta a colocou no centro do escudo de Perseu, mostrando que a sabedoria tinha o poder de afastar e vencer o desconhecido. Este mito representa o caminho que todo jovem terá que seguir para vencer o desconhecido com sabedoria, e a coragem de conhecer a diversidade que as outras pessoas representam. O estratagema da imagem refletida no espelho revela seu significado: somente pela "re-flexão" é que se supera o desconhecido, ou seja, o espelho representa a reflexão, o início da arte de pensar, refletir. Na verdade, não há outro caminho para vencer o horror do desconhecido, os preconceitos e a intolerância.

3 • O RAPTO DE PERSÉFONE

Perséfone era filha de Zeus e Deméter e representava o segredo da terra, isto é, suas sementes que nos dão os frutos para viver. Já sua mãe, Deméter, representava a terra cultivada, que é a mais elevada manifestação do feminino, por isso ela tem a capacidade de escolher os melhores frutos para oferecer à vida. Perséfone era a filha querida de Deméter e foi raptada por Hades ou Plutão, o deus dos mortos, com autorização de Zeus. Quando estava passeando pelos campos encontrou um belíssimo Narciso e dirigiu-se até ele para colhê-lo. Imediatamente a terra entreabriu-se e de seu interior surgiu uma carruagem conduzida pelo deus Hades, que a agarrou levando-a para seu reino. Segundo a versão mais corrente, isto ocorreu nos campos de Nissa.

Deméter não ouviu mais que seus últimos lamentos e pedidos de socorro. Desesperada, pôs-se a procurar a filha querida, a todos perguntando por seu paradeiro, mas ninguém tinha a coragem de dizer-lhe a verdade – nem mesmo os deuses. Durante nove dias e nove noites a incansável Deméter percorreu a Terra, sem que sua boca tocasse o néctar e a ambrósia – os alimentos dos deuses. No décimo dia, o deus Hélios (o Sol) dela se condoeu e disse-lhe:

“Tenho compaixão de ti, pelo que sofres devido ao rapto de tua graciosa filha, mas não foi outro senão o próprio Zeus quem autorizou seu irmão Hades que o fizesse, para torná-la sua esposa. Mas não te esqueças de que ele não é genro indigno de ti”.

Mas nada disto adiantou e Deméter partiu do Olimpo passando a perambular pela Terra em busca de sua filha. Desfigurou-se numa velha, de modo que nenhum mortal a reconhecesse e, um dia, chegou ao palácio de Celeu, rei de Eleusias. Estava sentada próxima de um poço quando viu chegarem suas quatro filhas, que iam buscar água. As jovens ficaram encantadas com esta senhora que, mesmo disfarçada, não conseguia esconder totalmente a majestade de uma deusa. Perguntaram-lhe sobre sua origem e esta lhes mentiu que fora raptada por piratas e conseguira fugir chegando a este lugar desconhecido para ela. As quatro jovens ofereceram-lhe então um trabalho: teria que cuidar da educação de seu irmão temporão, o que Deméter aceitou.

Levaram-na ao palácio de seus pais, Celeu e Metanira. Assim que a deusa transpassou os portões, todos a olharam deslumbrados, pois por onde passava deixava um esplendor divino, que causava respeito, medo e admiração. De fato, assim que a rainha a viu, imediatamente levantou-se de seu trono, oferecendo-o para Deméter nele se sentar.

Naturalmente, Deméter recusou e foi quando a graciosa dançarina Yambé ofereceu-lhe um assento com uma capa branca. Tendo aceitado, Yambé, que era uma criatura alegre e feliz, fez numerosas graças para alegrá-la, o que finalmente conseguiu. Tendo aceitado a proposta de Metanira de criar seu filho Demofonte, Deméter passou a alimentá-lo com ambrósia e, pela noite, envolvia-o com a força do fogo sagrado, sem que seus pais soubessem; Deméter apaixonara-se pelo pequeno, para compensar a filha perdida, e pretendia torná-lo imortal. Assim este crescia de modo extraordinário, parecendo-se com um deus. E se não fosse a curiosidade de Metanira, teria a deusa salvo a criança da desgraça da condição mortal. Uma noite saiu de seu quarto curiosa para saber o que ocorria e viu seu filho envolto pelo fogo sagrado. Apavorada, saiu pela casa aos gritos e tentou tomar o filho de Deméter, cometendo o erro fatal. A deusa retirou o menino do fogo sagrado, retomou sua forma original para espanto de todos, e entregou a criança tomada de fúria: "Este menino eu teria posto ao abrigo da velhice e da morte, teria cercado de honras imortais, mas tu, mãe ciumenta e curiosa, impediste-me de fazê-lo. O excesso de amor desnaturou-te; tua exagerada proteção maternal tornou inúteis meus benefícios. De agora em diante teu filho não será mais que um simples mortal e ainda agradeça-me, pois será o primeiro entre os homens que ensinarei a lavrar e a terra semear".

"Eu sou Deméter, a honrada por todos, e encanto deuses e mortais. Ordeno que os reis e o povo desta terra ergam um santuário em minha honra e eu mesma os iniciarei nos meus mistérios, que chamo de Eleusias (a libertação da condição mortal aqui na terra)". E dizendo isto partiu, deixando atrás de si um rastro de esplendor, mas, consumida pela tristeza da perda da filha, deu aos homens um ano terrível para as colheitas, pois nem uma única semente germinou. Ante a ameaça de que os homens morressem de fome, Zeus tentou por todos os meios acalmar a tristeza de Deméter; mas foram em vão todos os magníficos presentes que recebeu. Ao contrário, declarou que não retornaria ao Olimpo nem permitiria que a terra novamente brotasse antes que seus olhos vissem novamente sua filha. Diante da gravidade da situação, Zeus pediu a Hermes (o deus condutor dos caminhos da alma) que se dirigisse até o Hades e trouxesse Perséfone de volta. O deus infernal obedeceu e quando retornou a terra, as primeiras palavras de Deméter para sua filha foram: "Filha, não comeste nada antes de vir ao meu encontro? Porque, se provastes dos grãos das sete romãzeiras sagradas do Hades, terás que lá retornar quatro meses por ano e somente os restantes oito poderás ficar comigo e com os deuses do Olimpo".

Perséfone confirmou que comera os grãos das romãs sagradas e assim teria de ficar um terço do ano no Hades e dois terços no Olimpo. Deméter aceitou o compromisso e imediatamente a terra e os campos voltaram a florescer. Entendemos assim que Perséfone passou a representar as estações do ano, sendo inverno o período que passava no Hades - o período em que a Terra fenece, para renascer em todo o seu esplendor na Primavera. Além disso, vemos aqui uma grande lição para todas as mães da Terra, o árduo aprendizado do desapego em relação aos seus filhos. Queira ou não, toda mãe terá de aprender que ela cria filhos para o mundo e não para si, e um dia eles terão de partir, mesmo que retornem ocasionalmente.

4 • NARCISO, ECO E PAN: O AMOR DE SI E DO OUTRO

Narciso era filho de Céfiso e da ninfa Liríope. Foi concebido por ordem de Afrodite – a deusa do amor e do belo - para que tivesse uma extraordinária beleza e viesse ao mundo para todos encantar e desviar da discórdia. No entanto, quando nasceu, o adivinho Tirésias predisse: "Viverá enquanto não se ver".

Na verdade, a etimologia de seu nome já revelava essa terrível profecia. Narciso deriva de "Narkono", que significa paraliso, adormeço, anestesio e derivou também a palavra narcótico em nossa língua; a flor Narciso tem propriedades narcotizantes.

Voltando um dia da caça, inclinou-se para beber numa fonte e viu-se pela primeira vez. Imediatamente apaixonou-se por si mesmo e desesperado por não poder reunir-se consigo, caiu e desfaleceu. As Ninfas, As Dríades e as Naiádes, todas belíssimas, tentaram despertá-lo de seu sono mortal pela força da paixão que nele poderiam despertar. Mas tudo foi inútil e Afrodite, desesperada ao ver suas enviadas fracassarem, decidiu enviar-lhe os mais belos jovens, para assim, quem sabe arrancá-lo do amor por si mesmo, que se considerava o mais mortal dos sonos. Novamente, foi tudo em vão.

Decidiu chamar a deusa Eco em seu auxílio, pois seu amor nunca fora rejeitado por ninguém. É que Eco tudo de si entregava e nada pedia em troca. Nunca nenhum deus e menos ainda um mortal tinham recusado seu amor. Mas foi inútil, novamente. Dizem que Eco, desesperada por ter seu amor rejeitado, atirou-se pelas montanhas e desde então ouvimos o ressoar de Eco, sendo esta a origem do som que se repete quando pronunciamos alguma palavra num vale; o eco que ouvimos nada mais é do que a deusa repetindo aquele que a chamou, tudo entregando e nada pedindo em troca.

De todo modo, nada foi capaz de despertar Narciso do encantamento de si próprio. Afrodite, enfurecida, decidiu castigá-lo severamente porque, segundo as suas leis, o belo e o amor foram feitos para serem dados e jamais para serem guardados, como fizera Narciso com sua paixão por si próprio e indiferença para com o outro.

Há duas versões para o castigo que Afrodite impôs a Narciso, ambas com o mesmo efeito: a primeira versão transformou-o na flor do Narciso, cujos efeitos são paralisantes e narcotizantes, como já dissemos. Segundo a outra versão, Afrodite transformou-o em estátua, que também representa a beleza paralisada, que não pode ser amada, pois é gélida e sem vida. Hoje dizemos que este é o destino dos narcisistas – belos, gélidos e sem vida.

O tema fundamental deste mito é mostrar os perigos que resultam de quem só ama a si próprio (Narciso) e de quem ama demais aos outros, tornando-se até sua repetição, "Eco".

Há mais um personagem neste mito, cujo nome é Pan, que era filho de Hermes e representava o amor adolescente que tudo busca e está sempre apaixonado. Na verdade, o mito começava com a seguinte frase: "Pan, que amou Eco, que amou Narciso, que só amou a si próprio".

Podemos dizer que a história da condição humana oscila entre o extremo daqueles que só amam a si próprios e daqueles que tudo entregam para o outro. Não importa, o risco é o mesmo, pois amar demais a si mesmo é tão perigoso quanto dar tudo de si para o outro. Na verdade, a resposta não está no meio termo, mas no autoconhecimento, que nos dirá quanto se deve guardar para si e quanto amor podemos entregar ao outro.

O mito de Narciso, Eco e Pan é uma parábola da arte de amar. O destino de Narciso é morrer, pois morre quem ama a si próprio. O destino de Eco não é diferente, pois morre da mesma maneira quem não ama a si próprio e tudo entrega. Já o destino de Pan é trágico, porque ele ama quem recusa seu amor e carrega o fardo dos que não desistem do amor cego, mas que não é correspondido.

5 • O FÊNIX E A QUIMERA: PARA RENASCER DAS PRÓPRIAS CINZAS E PARA GOVERNAR OS DESEJOS E A COBIÇA.

O Fênix era um pássaro maravilhoso ao qual os egípcios antigos prestavam um grande culto em Heliópolis (a cidade do Sol). Dizia-se que vivia durante muitos séculos e assemelhava-se a uma imensa águia de plumas vermelhas, azuis e púrpura.

O mito conta ainda que era único, não podendo se reproduzir, mas somente recriar-se. No final de sua vida, recolhia-se num ninho de ervas aromáticas, para então atear-lhe fogo e arder, até não lhe restar senão cinzas. E é justamente destas cinzas que ele se recriava, pois enquanto ardia era impregnado pelo seu próprio sêmen e daí nascia um novo Fênix, que recolhia as cinzas do cadáver de sua vida anterior, colocando-as num tronco de Mirra e levando-as para Heliópolis, onde tinha lugar uma grande cerimônia.

Esses rituais estavam ligados àquilo que os egípcios chamavam de "grande ressurreição". O Fênix representava a morte e a arte de renascer. O homem também deverá encontrar, durante toda a sua vida, os meios para recriar-se, renascer e evoluir, mesmo quando não houver, aparentemente, a menor esperança. E este era o desafio e o significado desse ritual: encontrar os meios de renascer das cinzas e quem for capaz de fazê-lo sempre encontrará como superar os fracassos, que a vida muitas vezes nos impõe. Claro que o significado de renascer das cinzas é o caminho proposto para a evolução espiritual do homem; somente quem tiver a coragem de buscar a si próprio e sempre evoluir poderá alcançar a grandeza e a beleza que esse pássaro significava.

Já o mito da Quimera levanta duas questões: pode o homem voar sempre mais alto? E de que modo poderá fazê-lo? Ela representava na Antiguidade os terríveis monstros que podemos encontrar quando voamos muito alto, em busca do desconhecido. O herói Belerofonte foi encarregado de matá-la. Para tanto, domou o cavalo alado Pégasus, nele montou e ao invés de utilizar armas de ferro ou de bronze fabricou uma lança de chumbo para combatê-la, pois sabia que a Quimera deitava fogo pelas ventas. Quando dela se aproximou, jogou-lhe a lança, e o chumbo derretido caiu sobre seu corpo, ferindo-a mortalmente. Belerofonte gabou-se de sua vitória e achou que seria capaz de voar ainda mais alto. Fez com que Pégasus alçasse voo em direção ao Olimpo, mas quando se aproximou o grande Zeus fulminou-o com seu raio dizendo: "Não é assim que chegarás aos céus".

Aqui temos o alerta dos deuses para os homens por demais ambiciosos; não é pelo caminho do conhecimento racional e pela ambição desvairada que se alcança o divino, mas pela iniciação e pela espiritualidade. Realmente, buscar "ideais quiméricos" há muito tempo representa o tolo e insano esforço de atingir ideais altos demais; até podemos alcançá-los, mas custarão nossa alegria de viver. A verdade é que nunca alcançaremos os céus dos deuses, por mais poderosos que sejam nossos cavalos, ou foguetes, diríamos hoje.

Quantos e quantos homens não sacrificam sua vida e sua saúde para poder conquistar mais e mais status e objetos de consumo? E é muito tarde quando percebem que a vida passou e se esqueceram de vivê-la.

6 • SÍSIFO: O MAIS ASTUTO DOS MORTAIS QUE APRISIONOU A MORTE

Era o mais astuto dos mortais e o menos escrupuloso. Adorava viver somente para os prazeres materiais que a vida lhe oferecia, chegando mesmo a mostrar desdém pelos deuses. Sua maior tristeza era saber que um dia haveria de morrer deixando tudo aqui. Zeus, o maior dos deuses, já estava encolerizado com o materialismo de Sísifo e sua falta de espiritualidade.

Decidiu enviar-lhe a Morte como castigo, mas o astuto Sísifo, percebendo sua aproximação, conseguiu aprisioná-la, escapando assim de encontrar seu fim. Mas o que não estava em seus cálculos é que, com a Morte aprisionada, não só ele, mas todos os mortais deixariam de morrer, passando a viver indefinidamente.

Aconteceu então que o Hades, o mundo subterrâneo dos mortos, que os gregos consideravam lugar de purificação e passagem para a próxima vida, foi se esvaziando e Plutão, o governante do Hades, queixou-se para seu irmão Zeus. Este imediatamente descobriu o ardil de Sísifo e decidiu dar-lhe o mais terrível dos castigos. Primeiro libertou a Morte, a seguir fulminou Sísifo com seu raio e finalmente tirou-lhe o direito de voltar a viver, aprisionando-o no Hades e condenando-o a rolar eternamente uma pedra colina acima que, quando estivesse no topo, deveria ser novamente rodada de volta para baixo, para então tudo recomeçar.

Este é o destino reservado aos materialistas. A pedra rolando eternamente representa a mais inglória das tarefas, pois significa realizar um trabalho insano e sem sentido. É inútil rolá-la para cima, pois ela retornará ao seu ponto de partida e, embora não faça sentido algum, terá que subi-la novamente. Além disso, o fato de Sísifo ser condenado a permanecer no Hades era para o pensamento grego o mais terrível dos castigos, pois significava perder o que de mais precioso uma alma poderia almejar, ou seja, prosseguir evoluindo cada vez mais para uma nova existência. Vemos assim o castigo reservado aos materialistas, pois trabalham de modo insano para deixar tudo aqui, não querem partir e, quanto mais a velhice avança, mais sovinas e apegados aos objetos se tornam. Mas nada disso adiantará, é como se estivessem rolando a pedra de Sísifo aqui mesmo, ou seja, levam uma vida sem sentido e, com a aproximação da morte, desesperam-se, pois não desenvolveram nada de espiritual e sentem um profundo vazio. Na verdade, estão levando consigo a vida que construíram: vazia e sem sentido.

7 • O CASAMENTO DE EROS E PSIQUÊ

Eros era filho do deus Ares, da guerra e do combate, e de Afrodite, a deusa da beleza e do amor. Esta exigia culto constante e não admitia que ninguém amasse algo ou alguém mais do que a ela e seu filho. Eros, por sua vez, era representado como uma criança sapeca com asas de anjo e que carregava em seu dorso uma aljava cheia de flechas, com diferentes sabores: algumas eram doces como o amor encontrado, enquanto outras eram amargas como o amor rejeitado, outras ainda eram negras como o sofrimento do amor perdido. Na verdade, essas flechas indicavam que todo aquele que ama deveria sofrer as consequências do amor, fossem elas boas ou más, e em geral boas e más ao mesmo tempo.

Esta história começa num reino distante da antiga Grécia, onde Psiquê era uma belíssima princesa por todos admirada. Dizem que príncipes de terras distantes vinham admirar sua beleza, mas ninguém ousava pedir sua mão em casamento, para aflição de seu pai que tinha mais duas filhas e tanto desejava encontrar noivos para todas. Naquela época, as leis do matrimônio exigiam que primeiro se casasse a primogênita – no caso era Psiquê – e depois as demais. O pai estava cada vez mais angustiado por não poder encontrar um casamento digno para suas filhas. Decidiu partir para consultar o famoso oráculo de Delfos e saber, através de suas profecias, o que deveria fazer para resolver tão difícil situação. Já estava cansado de receber em seu palácio os mais belos príncipes, que vinham para conhecer Psiquê, mas não a pediam em casamento. Como era possível uma princesa ser tão bela, admirada e ninguém com ela quisesse casar?

Enquanto o pai de Psiquê dirigia-se a Delfos, a deusa Afrodite estava muito irada, pois seus templos estavam esvaziados e ninguém mais a cultuava, porque todos iam admirar Psiquê em seu palácio. Afrodite decidiu castigá-la, pois, segundo suas leis, a beleza de ninguém poderia tão-somente provocar admiração; como já dissemos, o belo foi feito para ser dado e, portanto a bela Psiquê era uma traidora das leis do amor de Afrodite. Determinou ao seu filho Eros que fosse disparar todas suas flechas contra Psiquê, para que assim se apaixonasse e muito sofresse com as agruras do amor. O pequeno e sapeca Eros partiu a toda pressa no encalço de Psiquê. Entrementes, o rei chegara a Delfos para ouvir as profecias do destino de sua filha. Qual não foi sua surpresa quando ouviu da Pítia (a grande profetisa do oráculo de Delfos) que deveria levar sua filha Psiquê para um promontório ao sul de seu palácio e lá abandoná-la, pois estava fadada a casar-se com um monstro, que em seguida a devoraria.

O pobre rei ficou estarrecido com a profecia, mas, sendo um homem piedoso e obediente às determinações religiosas do oráculo, decidiu obedecer. E assim, tão logo chegou ao seu palácio, levou sua filha para o promontório em cortejo fúnebre e lá a deixou. Eros, que a procurava, finalmente encontrou-a. A pobre princesa, não sabendo o que a esperava e vendo um lago próximo, para lá se dirigiu com o propósito de banhar-se e fazer a sua higiene diária. Foi lá que Eros a encontrou, mas mal sabia que até para ele o destino reservava surpresas. Assim que a vislumbrou retesou seu arco, preparando-se para disparar todas as flechas ao mesmo tempo – as doces, as amargas, as do sofrimento etc. Psiquê estava de costas para Eros, mas distraidamente voltou o rosto em sua direção, exatamente no momento em que Eros preparava o disparo com seu arco retesado. Quando este a vislumbrou exclamou:

“Por Zeus, como és deslumbrante!” E neste exato momento todas as flechas escaparam de sua mão, ferindo-a levemente; desgovernadas, perderam-se em voo cego caindo longe de Psiquê. Esta, nada percebeu, mas Eros caíra vítima de sua própria armadilha. Flechara a si próprio e agora conheceria também as doçuras e as agruras do amor. Partiu a toda pressa em direção ao seu palácio e, refeito da ferida, ordenou que trouxessem à sua presença Psiquê. O deus dos ventos, Zéfiro, encarregou-se da missão e imediatamente levou Psiquê pelos ares até o palácio de Eros no Olimpo. Esta, temerosa, ficou aguardando o monstro com quem o oráculo declarara que deveria se casar, mas o palácio era deslumbrante e ela foi tratada como uma rainha. Ao anoitecer, foi levada para seus aposentos e lá permaneceu até que Eros surgiu e declarou:

“Bela Psiquê, eu posso vislumbrar-te, contudo tu não podes ver-me; e assim sempre será. Toda noite virei te encontrar e invisível te amarei. A cada amanhecer partirei, mas só depois de muito te amar. Terei o desgosto de perder-te a cada dia, mas também o gosto de encontrar-te a cada noite. Assim é o amor; ele sempre parte ao amanhecer. Esta é a lei dos amantes: encontrar a cada noite e perder-se a cada amanhecer”. Assim Psiquê jamais veria seu misterioso esposo – que, no entanto, a amava intensamente cada noite. O terrível monstro era Eros, o amor desconhecido, que é sempre de uma beleza extraordinária.

Após tantas noites de belos encontros de amor, Psiquê pediu a seu amante invisível que a deixasse visitar os pais, para que soubessem que não estava nem morta nem infeliz. Apreensivo, Eros advertiu-a: "Você não deveria contar para ninguém a felicidade de amar, esta sempre desperta muita inveja. Ser feliz no amor é um segredo que deve ser guardado a sete chaves".

Psiquê, no entanto, insistiu tanto que Eros acabou cedendo. Providenciou uma carruagem e ela retornou à Terra cheia de presentes. Seu pai não cabia de felicidade quando reencontrou sua filha bela e feliz, todavia suas irmãs não cabiam de inveja e rancor. Chamaram-na para que lhes contasse o que se sucedera e a ingênua Psiquê descreveu-lhes toda a sua felicidade. No entanto, as duas invejosas construíram uma armadilha e disseram-lhe:

"Como sabes que ele não é um monstro, se não podes vê-lo? Com certeza te trata bem com o fim de engordar-te e em seguida servir-te em lauto banquete! Por que não acendes um lampião quando ele dormir ao teu lado para ver quem realmente é? Com certeza vislumbrarás um monstro". A pobre Psiquê, ingênua, acreditou em suas irmãs; também pudera, uma chamava-se Tristeza e a outra Inquietação. No dia seguinte retornou ao seu palácio e, pela noite, Eros adentrou ao seu leito para uma grande noite de amor, como sempre fazia. Quando adormeceu ao seu lado, depois de amá-la, Psiquê não resistiu e sorrateiramente acendeu uma lamparina de azeite para ver quem estava ao seu lado. Qual não foi sua surpresa ao vislumbrar a extraordinária beleza e esplendor de Eros – a tal ponto que deixou cair algumas gotas do azeite ardente da lamparina sobre as esplêndidas costas de Eros, que imediatamente despertou. Este, ao ser reconhecido, disse-lhe: "Quiseste ver o que não pode ser visto. Não sabias que o amor sempre parte quando é conhecido? O amor, sem segredos, é nada. Eu avisei para que guardasses o segredo do teu amor".

E assim Eros alçou suas asas e partiu. O palácio desfez-se imediatamente e Psiquê viu-se só e abandonada naquele mesmo promontório onde Eros a encontrara. Desesperada, partiu em busca de socorro; não sabia o que fazer e passou a perambular sem rumo. Após caminhar muitas horas viu ao longe um templo da deusa Afrodite e para lá se dirigiu; afinal, era para ela que os amantes dirigiam suas preces a fim de conservar ou reconquistar um amor. Adentrou o templo para rogar o retorno de seu amor perdido, mas qual não foi sua surpresa quando a estátua da deusa Afrodite ganhou vida e lhe disse:

"Só agora te lembras de mim, ingrata! Que queres aqui? Tu, que esvaziaste meus templos? Foste amada sem dar nada de ti em troca e meu filho Eros está agora sofrendo. A partir deste momento farei de ti minha escrava, pois só assim aprenderás as árduas sendas que levam ao amor verdadeiro, que exige reciprocidade. Pensaste que seria fácil tê-lo? Pensaste que por seres bela merecerias ter o amor para sempre, sem nenhum esforço? Bem se vê que não sabes que o amor é árdua conquista, que exige constante labor para sua renovação! Como és tola e ingênua! Não sabes que, para ser amada, tens que mostrar o quanto vales. Tua beleza só serve para amores superficiais e efêmeros. Serás escrava minha; e tens sorte em tornar-se escrava do amor, pois será belo e útil o que aprenderás por mim sofrendo!". E assim a deusa Afrodite tornou Psiquê escrava, exigindo-lhe árduas tarefas para realizar o longo aprendizado pelas sendas do amor: "De início, exijo que separes todos os cereais de meus celeiros antes do anoitecer, pois encontram-se misturados".

A pobre Psiquê não sabia o que fazer diante de tão imensa tarefa, mas a deusa da agricultura Deméter, condoída de sua situação, enviou-lhe as formigas obreiras, que rapidamente separaram e ordenaram os cereais, cada um em seu devido lugar. E assim Psiquê aprendeu que somente assim se vive aqui na Terra, pois são os cereais, que representam a abastança, que alimentam o estômago e a paz, na mente e coração; só assim se pode sonhar e amar à noite. Pois sem eles sobrevém o desespero. Ou por acaso pensas que sempre haverá alguém para preencher o teu celeiro? Para sonhar e amar é preciso antes trabalhar e assegurar.

Quando Afrodite retornou, verificou para sua surpresa e espanto que a tarefa fora realizada com sucesso. Surpreendida, resolveu dar-lhe a próxima tarefa e disse-lhe:

"Você está vendo aqueles maravilhosos carneiros com lã de ouro para além deste rio? Quero que vá até lá tosá-los, pois com sua lã tecerei um novo casaco à altura da deusa que sou."

Psiquê considerou essa tarefa muito mais fácil que a anterior e logo ao amanhecer do dia seguinte preparou-se para atravessar o rio e tosar os carneiros. Já iniciava a travessia quando o deus sol, Hélios, alertou-a:

"Não ouse atravessar este rio antes da hora certa, caso contrário será devorada por esses carneiros. Sim, eles devoram quem quer que tente tosá-los antes da hora certa. Você só poderá executar esta tarefa quando eu me encontrar no meio do céu, pois assim são executadas as tarefas da tosa; não podem ser nem antes nem depois". Psiquê aguardou que Hélios atingisse o meio do céu para poder atravessar o rio e tosar os carneiros. Realmente teve sucesso, pois estes entregaram-se docilmente à tarefa. Psiquê aprendeu que é preciso colher os frutos da riqueza na hora certa, pois não há amor que resista aos atropelos que fatalmente resultarão na penúria.

Afrodite retornou no dia seguinte e com dificuldade reconheceu o sucesso da segunda tarefa de Psiquê. Resolveu dar-lhe a última e mais árdua: "Quero que me tragas de Perséfone a caixa que contém o pó da beleza eterna, pois me deixaste exausta nestes últimos tempos, dando-me um terrível trabalho para trazer os homens de volta aos meus templos. Não esqueças de que foste tu quem os esvaziou. Desce até o Hades para buscá-la". (Hades era o reino dos mortos, que ficava no centro da Terra, para os gregos antigos).

A pobre Psiquê ficou desesperada, pois o único meio para chegar ao mundo dos mortos seria ela própria morrendo. Ia atirar-se de um penhasco quando surgiu o deus Hermes (aquele que ensina os homens a viver e a morrer) e dispôs-se a levá-la viva para o Hades. Lá chegando, recebeu a caixa da própria deusa dos mortos, Perséfone, com a recomendação de não abri-la em hipótese alguma. No entanto, durante seu caminho de volta, Psiquê começou a conjecturar:

"Coitada de mim! Eu estou tão cansada e desgrenhada por causa desses trabalhos. Se a deusa Afrodite acha que sua beleza foi arranhada que dirá da minha então! Pois sou uma pobre mortal e ela é uma deusa imortal. Eu mereço, muito mais do que ela, pegar um pouquinho deste pó da beleza eterna para mim, muito mais do que ela"! E, não resistindo, abriu a caixa de onde escapou um pó que era na verdade o sono da morte, ou como o chamavam na Antiguidade, o sono estígio. Realmente, a beleza eterna é mortal para os homens, pois só aos deuses ela é concedida. Aquele que tentar manter eternamente a beleza e a juventude, na verdade encontrará a morte, uma vez que terá de parar de viver na busca insana de conservá-las. É fácil perceber como esta busca resulta na "morte em vida".

Como resultado de ter aberto a caixa, Psiquê encontrou a morte, mas os deuses condoeram-se e consideraram que Psiquê já sofrera o suficiente e aprendera finalmente a arte de amar. Ordenaram a Afrodite que com ela se reconciliasse e permitisse que seu filho Eros com ela se reunisse. O grande deus dos deuses, Zeus, fez com que Psiquê voltasse a viver e elevou-a à categoria de imortal. Foi então celebrado no Olimpo o casamento de Eros com Psiquê e declarou Zeus ainda que todo mortal que quisesse merecer a consideração dos deuses deveria seguir os passos de Psiquê, para aprender a merecer a companhia de Eros. Isto era representado na Antiguidade na forma de uma cerimônia que todo jovem celebrava no início de sua puberdade e era conhecida como a cerimônia de casamento de Eros e Psiquê. Nessa ocasião, o jovem deveria, completamente nu, enlaçar-se com uma estátua de Eros e jurar que "nunca faria e nunca diria nada que não fosse juntamente com Eros." O significado da cerimônia é muito claro, ou seja, aprender a unir-se durante toda a vida com Eros, agindo a partir de sua verdade interior e não de interesses e conveniências do mundo externo. Mais ainda, queria dizer que sua psiquê (nosso ego, diriam os modernos), só poderia desenvolver-se e evoluir movida por esse princípio do amor, que os antigos chamavam de Eros, e cujo significado foi tão deturpado na modernidade.

O casamento de Eros e Psiquê representava na Antiguidade a coragem de ser verdadeiro e somente buscar na vida aquilo que apaixonasse e fizesse sentido, ao invés de levar uma vida movida por conveniências e interesses.

8 • O CAVALO DE TROIA: PÁRIS E O RAPTO DE HELENA

O mito conta-nos que todos os deuses desceram do Olimpo para celebrar o casamento de Peleu e Tétis; afinal, Tétis era uma deusa que estava se casando com o mortal Peleu. Dessa união nasceu o famoso Aquiles, que era invulnerável menos em um ponto de seu corpo: o calcanhar.

Mas esse casamento teve consequências funestas, pois uma única deusa, Éris (a Discórdia), não foi convidada, e ficou muito irritada com a desfeita. Atirou do Olimpo um pomo de ouro, que caiu sobre a mesa dos convivas. Bem, alguém gostaria de ter como convidada a Discórdia, para a festa de seu casamento?

Todos ficaram maravilhados com o pomo de ouro e imediatamente perguntaram-se de quem seria. Lá do Olimpo a Discórdia respondeu: "É claro que é um presente para a mais bela das deusas." Este é o famoso episódio do "pomo da discórdia". Imediatamente Hera, esposa de Zeus, bem como Afrodite e Atená, suas filhas, reivindicaram o pomo para si. Para resolver a disputa, o grande Zeus decidiu convocar o mais belo dentre os mortais para que julgasse a quem de direito o pomo deveria ser entregue. Este era ninguém menos do que Páris, um príncipe de Troia, que quando lá chegou foi imediatamente assediado pelas três deusas com seduções e promessas.

Hera declarou: "Dou-te todas as terras da Ásia, se me escolheres".

Atená não deixou por menos: "Eu te darei toda a sabedoria do mundo".

Mas Afrodite finalizou: "Pois eu não te darei nem poder nem sabedoria, mas concedo-te a mais bela mulher dentre os mortais".

Adivinhem quem ganhou? É claro que um jovem fogoso e de extraordinária beleza não pensaria nem em terras, muito menos em sabedoria, mas sim em ter nas mãos a mais bela das mulheres. Assim Afrodite armou uma cilada para que Helena, esposa do rei Menelau de Esparta, fosse raptada por Páris e levada a Troia.

Helena estava protegida por um pacto: devido à sua extraordinária beleza, e pelo fato de muitos príncipes terem-na disputado para casar, seu pai fez com que todos os pretendentes por ela preteridos, em favor de Menelau, assinassem um pacto. Este rezava que todos a acudiriam, se alguma coisa lhe acontecesse.

E, de fato, quando se tornou conhecido o rapto de Helena por Páris, todos estes príncipes foram convocados para acudir em seu socorro e trazê-la de volta. Esta foi a causa da guerra de Troia, que resultou num prolongado cerco de dez anos desta poderosa cidade que tinha, segundo a lenda, muros e portões inexpugnáveis.

Grandes momentos desta história são narrados na obra imortal de Homero "A Ilíada", mas a maior parte do que sabemos sobre o que ocorreu na guerra de Troia é relatado na "Odisseia", que conta o retorno do herói Ulisses, de Troia para a sua terra natal, Ítaca. Ulisses, ou Odisseu em grego, foi o grande general responsável pela vitória dos gregos sobre os troianos, pois foi ele quem arquitetou o plano da construção do cavalo de Troia.

O estratagema consistia em construir um enorme cavalo de madeira, oco em seu bojo, onde os soldados gregos pudessem se alojar. Foi deixado em frente ao portão de entrada de Troia, mas Ulisses teve o cuidado de construí-lo de tal maneira que fosse maior, de modo que para poder entrar na cidade, os portões teriam de ser removidos e o muro que protegia a cidade teria de ser em parte derrubado. Este era o principal trunfo de Ulisses e não os soldados em seu bojo como muitos autores pensaram, porque uma vez derrubados os muros inexpugnáveis seria fácil tomar a cidade.

Realmente, os troianos caíram no ardil e derrubaram seus muros para trazer o cavalo cidade adentro, acreditando que era um presente dos gregos em reconhecimento a sua invencibilidade. Aliás, foi esta a mensagem que os gregos deixaram na frente do cavalo para os troianos e claro que era falsa. Os gregos levantaram acampamento e fingiram partir com seus navios, mas na verdade esconderam-se numa ilha próxima de Troia.

Quando anoiteceu, os troianos deram início a uma grande festança em celebração à sua pretensa vitória. De tanto vinho que beberam acabaram adormecendo e descuidando-se da defesa da cidade, que tivera seus portões precariamente recolocados devido à parcial destruição do muro, para que o cavalo pudesse adentrar a cidade. Na madrugada, cerca de trinta soldados gregos, que estavam escondidos no bojo do cavalo, não tiveram dificuldade em sair e abrir os portões da cidade para os exércitos gregos, que entrementes haviam retornado a Troia.

A destruição foi total e a bela Helena foi resgatada e levada de volta para seu marido Menelau, rei de Esparta. Mas os gregos tiveram uma vitória cruel uma vez que, mesmo vencendo, poucos retornaram para casa, tal a violência do combate e as enormes perdas.

O tema de Helena de Troia é multimilenar e representa o estrago que uma paixão desenfreada pode causar; um grande amor pode levar à ruína um homem ou uma nação – tanto faz, porque é feroz e indiferente. Além disso, toda grande beleza vem carregada de cobiça, inveja ou maldição. Dizia um ditado antigo: "Jamais se apaixone e entregue seu coração para alguém de grande beleza, porque esta poderá ser sua ruína."

9 • OS ARGONAUTAS E O TOSÃO DE OURO: JASÃO E MEDEIA

Num reino da Tessália, Iolcos, nasceu Jasão filho do rei Ézon. Estando o rei com idade avançada, entregou o trono a seu irmão Pélias, com a condição de que o restituisse a seu filho quando este atingisse a maioridade.

Jasão foi entregue ao sábio centauro Quíron para que o educasse e, quando atingiu a maioridade, Quíron revelou-lhe sua verdadeira identidade e exortou-o a reclamar o trono, que de direito lhe pertencia.

Entrementes, Pélias estava temeroso com o retorno de Jasão, pois não queria devolver-lhe o trono. Resolveu consultar o oráculo de Delfos para saber se corria algum risco e este respondeu-lhe que somente deveria temer alguém calçando uma única sandália. Tratou então o rei de mandar prender a todos em seu reino que porventura estivesse com um só pé calçado, mas claro isso de nada adiantou.

Jasão partiu para Iolcos com a finalidade de reclamar o seu trono e, sabendo que nesta época eram celebrados em sua cidade grandes jogos em homenagem aos deuses, decidiu disputá-los. No caminho ocorreu um pequeno incidente, pois ao atravessar um rio caudaloso perdeu uma de suas sandálias, tendo que prosseguir viagem tendo apenas um pé calçado. Lá chegando, participou das competições vencendo todas e o rei, impressionado com suas vitórias, mandou chamá-lo em sua presença. Imaginem qual foi sua surpresa quando percebeu que era justamente Jasão aquele que tinha uma única sandália.

Arquitetou um estratagema para dele se livrar e disse-lhe: "Se você quiser seu reino de volta terá de buscar o Tosão de Ouro; se voltar vivo, o trono será teu".

Esse tosão pertencera a um carneiro maravilhoso que o deus Hermes enviara para salvar dois irmãos, Frixo e Hele, das ameaças de morte de sua madrasta. Era alado e os dois irmãos foram colocados em seu dorso para fugir. Levou-os para a Cólquida, uma terra muito distante no extremo leste do Mar Negro, mas Hele morreu no caminho. Quando lá chegou, foi recebido pelo rei, Eétes, que o abrigou e ofereceu-lhe sua filha mais velha em casamento. Em retribuição, Frixo sacrificou o carneiro a Zeus Xênias (o protetor dos estrangeiros), e ofereceu o maravilhoso tosão ao rei. Este, por sua vez, guardou-o numa floresta sagrada e colocou um dragão de mil olhos, que nunca adormecia, para protegê-lo.

Voltando a Jasão, tratou de preparar a expedição em busca do Tosão de Ouro. Para tanto, ordenou a construção de uma grande nave de cinquenta remos, que foi batizada de Argos. Nela partiu acompanhado de muitos heróis, entre os quais o próprio Hércules. Após superarem muitos obstáculos, chegaram finalmente a Cólquida, onde foram recebidos por Eétes e requisitaram o tosão. Este, enfurecido, decidiu colocar Jasão numa situação difícil, propondo-lhe provas de onde, acreditava o rei, não sairia vivo. Mas a filha mais jovem do rei, ninguém menos que a terrível maga Medeia, imediatamente apaixonou-se por Jasão e decidiu ajudá-lo desde que ele jurasse casar com ela.

Jasão consentiu e Medeia, com suas poções mágicas, fez com que seu amado vencesse os touros de pés de bronze, que vomitavam chamas pelas ventas e os gigantes de bronze convocados pelo rei para massacrá-lo. Mesmo assim o rei não quis entregar o Tosão de Ouro. Jasão e Medeia, perseguidos pelo exército do rei, partiram em direção ao bosque sagrado onde Medeia fez adormecer, com suas poções, o dragão de mil olhos. Apoderaram-se do Tosão de Ouro e fugiram a toda pressa, retornando para Iolcos.

Lá chegando, Pélias recusou-se novamente a entregar o trono, mas Medeia valeu-se de um ardil e usando de magia, encheu um caldeirão com ervas colocando um galho seco para misturá-las, na presença das três filhas do rei. Quando retirou o galho do caldeirão, a parte submersa estava verde como um broto e as filhas do rei perguntaram-lhe se não poderia também rejuvenescer seu pai. Medeia, para provar seu poder, tomou uma ovelha idosa matou-a e cortou-a em pedaços, pondo-a para ferver na mesma mistura, logo retirando do caldeirão um jovem cordeirinho, para grande espanto de todos. As filhas do rei correram para cortar seu pai em pedaços, para que Medeia tudo fervesse com a finalidade de "rejuvenescê-lo". Medeia pôs os pedaços do rei para ferver no caldeirão, sem que nada acontecesse, naturalmente.

Como o povo revoltou-se, ao saber da morte do rei usurpador, Jasão e Medeia tiveram que fugir às pressas para Corinto. Lá viveram durante dez anos e tiveram dois filhos até que Jasão enamorou-se de Gláucia, filha do rei. Medeia foi tomada de um ódio sobre-humano porque, sendo ela uma estrangeira em terra estranha, sentiu-se abandonada e ultrajada. Valeu-se de todos os seus poderes mágicos para reconquistar Jasão mas foi inútil. É que a força do amor é mais poderosa que todas as poções mágicas para destruí-lo. Medeia partiu para sua vingança fatal e chamou Jasão, que a essa altura vivia no palácio do rei, e mentiu-lhe dizendo que decidira aceitar sua união com a princesa e que partiria em exílio deixando-os em paz. Pediu apenas para entregar-lhe um presente de casamento, o que Jasão ingenuamente aceitou.

Teceu uma túnica com fios de ouro envenenados para presentear a princesa e matou os dois filhos que tivera com Jasão, colocando suas cabeças numa caixa cravejada de pedras preciosas. No dia seguinte, que era o das bodas de Jasão e Gláucia, enviou os dois presentes. A princesa quando viu a belíssima túnica imediatamente vestiu-a, morrendo incendiada pelos fios envenenados. Jasão vislumbrou aterrorizado a cabeça de seus filhos, quando abriu a belíssima caixa cravejada de diamantes. Desesperado de ódio e horror, por ver sua amada Gláucia morrer queimada e seus filhos mortos, correu em direção à sua nave Argos, para se armar e matar Medeia. Mas eis que ao subir no convés da nave, Zeus enviou um trovão que rompeu o mastro principal e este caiu sobre Jasão, matando-o.

Imediatamente o deus Hélios (o Sol) enviou uma carruagem de ouro para recolher Medeia e levá-la para longe. A grande pergunta que fica é: por que esta terrível maga pode permanecer impune tendo matado seus filhos? Mas a resposta não é difícil de ser encontrada: Em primeiro lugar trata-se do ultraje que Medeia sofreu ao ser abandonada por Jasão numa terra estrangeira, devido a uma paixão irresponsável. É tolo quem menospreza a força da vingança do feminino desprezado e ultrajado. Além disso, os antigos consideravam que era melhor a morte do que a vida sem honra, e Medeia sabia perfeitamente que seus filhos seriam transformados em meros escravos se permanecessem em Corinto, como queria Jasão. Portanto, preferiu vê-los mortos a aceitar uma condição de vida ultrajante para eles. Na verdade, ao matar seus filhos, Medeia não apenas se vingou de Jasão; acima de tudo preservou sua dignidade e honra, algo completamente esquecido na modernidade, onde somos ensinados a fazer qualquer coisa para continuarmos vivos, não importa a que custo. Esta é também a razão pela qual Medeia não é punida, e Jasão é fulminado por Zeus.

10 • O MINOTAURO: TESEU E ARIADNE E O FIO DA VIDA.

Teseu e Ariadne são heróis da tradição helênica e cretense. É importante saber alguma coisa sobre o famoso touro que originou esse mito. Era considerado sagrado e sua origem deve-se a um fato peculiar: um dia o rei de Creta jurou que entregaria o que tivesse de mais sagrado ao deus maior adorado nesta ilha por seus habitantes – Posseidon – o deus dos mares e protetor da ilha de Creta. Ocorre que o grande deus ouviu a promessa de Minos – esse era o nome dado a todos os reis de Creta. Resolveu pô-lo à prova e enviou-lhe um belíssimo touro branco que saiu do mar. Quando Minos vislumbrou esse belíssimo animal encantou-se e decidiu dele apoderar-se, mas logo recordou o juramento que fizera. Como cobiçasse muito esse belíssimo touro, que significava o poder material e a posse de algo belo, decidiu poupá-lo e oferecer em sacrifício ao deus o segundo melhor touro de sua manada.

Mas o deus Posseidon sentiu-se profundamente ofendido por essa desfeita e chamou a deusa do amor, Afrodite, para ajudá-lo em sua vingança. Pediu que insuflasse um amor desvairado pelo touro na esposa de Minos – Parsifae. Esta, de fato, apaixonou-se perdidamente por este touro maravilhoso e com ele uniu-se. O resultado desta união não poderia ser mais nefasto, pois daí nasceu o terrível Minotauro. Tinha cabeça de touro, corpo humano e alimentava-se de carne humana.

Por outras palavras, este monstro era exatamente o contrário daquilo que a civilização cretense ou minoica almejava para seus filhos. Ou seja, construir jovens com a cabeça dos deuses e corpo com a força do touro - e não o contrário – jovens com cabeça de touro (símbolo da estupidez e da grosseria) e corpo humano (símbolo da fragilidade). Além disso, o fato de alimentar-se de carne humana denunciava o que fazem as pessoas grosseiras e instintivas, ou seja, somente se aproximam de seus semelhantes para deles se aproveitarem.

O mito prossegue contando-nos que Posseidon, não satisfeito com sua vingança, enfureceu este touro para que espalhasse o terror em Creta. Foi preciso que o grande herói Hércules fosse chamado para capturá-lo e o levasse para longe dali. De fato, levou-o para Maratona, uma região próxima de Atenas. Mesmo assim, o touro conseguiu escapar, passando a devastar os arredores da cidade.

Foi quando o filho de Minos, Androgeu, ofereceu-se para capturar e matar o terrível touro, mas quando o enfrentou foi por ele estraçalhado. Minos enfureceu-se e considerou Atenas culpada pela morte de seu filho. Cercou a cidade e, após forçá-la a capitular, exigiu como compensação que a cidade entregasse todo ano os sete mais belos príncipes e as sete mais belas princesas para servirem de pasto ao terrível Minotauro, durante sete anos. Por ocasião do terceiro ano, quando o rei de Atenas, Egeu, preparava-se para enviar os príncipes e as princesas que Minos vinha pessoalmente buscar em sua nau, seu filho Teseu ofereceu-se para ir ao lugar de um dos príncipes e tentar acabar com esse terrível tributo, matando o Minotauro. Seu pai alertou-o dos perigos desse terrível desafio e disse-lhe:

"O navio que os leva partirá com as velas negras, pois é assim que sinto meu coração. Leva contigo, porém, estas velas brancas e enfuna-as na volta, se por acaso obtiver vitória. Assim, ao avistar de longe o navio em teu retorno saberei se devo me alegrar com a vitória ou com a derrota me desesperar. E digo-te mais: não suportarei a dor de perder-te."

E assim partiu a nau de Minos levando para o cadafalso os catorze príncipes e princesas. Chegando a Creta foi-lhes oferecido um grande banquete que precedia o dia de seu sacrifício. Este teria lugar no famoso labirinto onde estava encerrado o Minotauro. A tradição conta-nos que, se não fossem devorados, iriam perder-se no terrível labirinto e nunca mais voltariam a ver a luz do dia. Entrementes Ariadne, a bela filha de Minos, vislumbrou Teseu e por ele imediatamente se apaixonou. Mandou chamá-lo secretamente a suas dependências e disse-lhe que o ajudaria a sair do labirinto com um novelo mágico, caso conseguisse matar o Minotauro. Teseu concordou e, também apaixonado por Ariadne, jurou levá-la para longe de Creta caso saísse vitorioso.

No dia seguinte, Teseu foi o primeiro a oferecer-se para adentrar o temível labirinto onde se encontrava o Minotauro e, assim que iniciou a empreitada, começou a desenrolar o novelo mágico que serviria de guia para seu retorno. Lá pelas tantas encontrou o terrível monstro e, após luta renhida, matou-o. Com a ajuda do novelo reencontrou a saída e a toda pressa reuniu os príncipes e princesas prisioneiros, e Ariadne, partindo de Creta, dando fim à maldição do Minotauro. Durante a viagem de volta festejaram o sucesso da missão, mas esqueceram-se do pedido do pai de Teseu, Egeu. Se vocês bem se lembram, o navio partira com as velas negras em sinal de luto e só deveria retornar com velas brancas caso a empreitada fosse bem sucedida. No entanto, eles estavam tão alegres festejando o retorno de todos, que se esqueceram de trocar as velas negras por brancas. Quando o navio despontou no horizonte de Atenas o rei Egeu estava no alto de um promontório aguardando ansiosamente para avistá-lo o quanto antes. Mas foi com enorme tristeza que vislumbrou o navio com as velas negras enfunadas e concluiu que seu filho Teseu e os demais tinham sido mortos pelo Minotauro. Tomado de imensa dor não resistiu e atirou-se ao mar do alto do promontório, morrendo assim. Quando Teseu chegou a Atenas e soube da morte trágica de seu pai causada pelo seu esquecimento em trocar as velas, deu o nome de Egeu ao mar que tragou seu pai, para assim homenageá-lo e imortalizá-lo. Desta bela história apreendemos o significado de que nosso caminho é o oposto ao do Minotauro, ou seja, devemos dirigir nossa cabeça para a luz, não para a brutalidade e estupidez da violência, e que nosso corpo, por mais que frequentemos as academias, nunca será fonte de força; a verdadeira energia do homem reside na cabeça iluminada e não na estupidez do touro – que é a força bruta e a truculência. Por outro lado, o labirinto representa o que é o desafio de viver para cada um de nós, ou seja, a vida de cada um é um labirinto e precisamos de pessoas que nos amem de verdade e nos ofereçam saídas para encontrarmos nosso caminho.

11 • DÉDALO E ÍCARO: O PRIMEIRO HOMEM QUE VOOU

Dédalo era um genial construtor e arquiteto, uma espécie de "professor Pardal" da antiguidade. Viveu na época do império Minoico, que se situava na ilha de Creta, por volta de 2.600 a.C. Sua obra mais famosa é sem dúvida o labirinto que construiu por ordem de Minos, rei sacerdote de Creta, para aprisionar o terrível monstro antropófago, com cabeça de touro e corpo humano. Este labirinto foi construído nas catacumbas do palácio de Knossos, sede do reinado minoico, e foi arquitetado de tal forma que quem nele entrasse jamais encontraria o caminho de volta.

Dédalo um dia desentendeu-se com o próprio Minos e isto deveu-se ao seguinte fato: A esposa do rei, Pasifae, pediu-lhe que confeccionasse um simulacro de madeira onde ela pudesse encaixar-se da cintura para baixo e que tivesse a forma de uma novilha. Ela, apaixonada pelo touro de Creta, queria com ele ter relações sexuais e para atraí-lo, teria de simular uma novilha.

Esta união deu origem ao terrível Minotauro – monstro antropófago com cabeça de touro e corpo humano, que Minos teve de aprisionar no labirinto do palácio de Knossos, para que parasse de aterrorizar os cidadãos cretenses. Mas Minos enfureceu-se, pois considerou Dédalo o responsável por esta desgraça e determinou sua prisão no próprio labirinto, que tão esmeradamente construíra, juntamente com seu filho Ícaro, para ambos morrerem e não deixarem descendentes. Ocorre que também seu filho era dotado de grande genialidade e inventividade e teve o cuidado de trazer consigo para o labirinto muitas penas de pássaros e uma cera poderosa que tinha as propriedades de uma cola. Tão logo foram abandonados na entrada do labirinto, Ícaro pôs-se a confeccionar com as penas um par de asas, unindo as penas com a cera e colando-as aos seus braços.

Dirigiu-se para a única abertura de ventilação que existia no labirinto e que não podia ser alcançada devido ao fato de situar--se a grande altura. Para surpresa de seu pai, abriu suas asas postiças e alçou voo, retornando logo a seguir para retirar Dédalo do labirinto. Quando o depositou em terra firme e em liberdade, disse ao pai que agora estava pronto para alcançar o Olimpo. Dédalo alertou-o da imprudência deste voo e de seus riscos, mas foi em vão. Ícaro, entusiasmado com os poderes que as asas lhe conferiam, alçou voo em direção ao Olimpo, certo de que agora nada o impediria de alcançar os deuses e estar à altura deles. Iniciou um voo contínuo, indo cada vez mais alto, mas Zeus, quando se apercebeu de sua aproximação, ordenou imediatamente que Hélios (o deus Sol) derretesse a cera que uniam as penas e formavam suas asas e disse:

"Pobre mortal! Quem pensas que és para merecer alcançar o Olimpo de forma tão indigna? Para chegar aqui terás que galgar o caminho do herói, que é o caminho da dignidade e da excelência, pois esta é a única forma que concedo aos mortais para conquistar a imortalidade e um lugar ao lado dos deuses". As asas de Ícaro desfizeram-se e este encontrou a morte espatifando-se no solo, para desespero de seu pai. Assim terminou esta aventura desastrada que tão bem representa o desvario humano e sua cobiça em alcançar o céu sem merecê-lo. De fato, as palavras de Zeus encerram a sabedoria divina de que para alcançar tudo aquilo que o céu representa (a elevação espiritual e a conquista da imortalidade), não basta ter meios materiais, pois estes são os mais superficiais. A verdadeira elevação aos céus não precisa de foguetes, mas da árdua construção de um homem digno e ético, a serviço da vida e da criação.

12 • AS ORELHAS DE BURRO DO REI MIDAS, BAUCIS E FILEMON: O REI QUE TRANSFORMAVA EM OURO TUDO QUE TOCAVA

Certa vez, Baco – o deus Dioniso do vinho e do êxtase – deu falta de Sileno, seu pai de coração. É que este, tendo bebido um pouco a mais, perdera-se nos bosques. Foi encontrado por alguns camponeses que o conduziram ao seu rei. Este era Midas que, por dez dias, ofereceu-lhe hospitalidade, até que da bebedeira se recuperasse – tão grande tinha sido.

Então o levou de volta para o deus Dioniso e este, agradecido, ofereceu a Midas a recompensa que desejasse, menos a imortalidade.

O rei, ganancioso que era, pediu que tudo que tocasse se transformasse em ouro, sendo imediatamente atendido. Dioniso, no entanto, lamentou que não fizesse pedido melhor, mas esta não foi a opinião do rei Midas, que se apressou em pôr em prática seus poderes. E não acreditou no que viu quando tocou um raminho que arrancara de um carvalho e o viu transformado em ouro. Tentou com uma pedra e uma maçã e elas também se transformaram em ouro. Sua alegria não conhecia limites.

Dirigiu-se ao seu palácio e ordenou que servissem magnífico jantar, pois sentia uma fome de leão após tão longa caminhada. Verificou, no entanto, para seu horror, que o pão que tocava enrijecia e em ouro se transformava – aliás tudo assim reagia e até o vinho descia-lhe pela garganta como ouro derretido. Ardia e vômitos provocava!

Desesperado, tudo tentou para evitar a transformação de seu magnífico jantar em ouro. Ordenou que os servos o alimentassem para não tocar na comida, mas seus lábios encarregavam-se de tudo transformar em ouro. E o desespero aos poucos tomou conta do rei. Agora lutava para livrar-se do dom que tanto desejara, mas era tudo em vão. A morte por inanição era a mais próxima ameaça.

Ergueu seus braços reluzentes de ouro e implorou a Dioniso que o livrasse daquela maldição; sim, esse dom era agora maldição e não desejo fantástico. Dioniso, em sua infinita bondade atendeu-o, mas impôs a seguinte condição: "Vai até o rio Páctolo e segue a corrente até a fonte que lhe dá origem. Ali mergulha tua cabeça e teu corpo para purificar-te de tua ganância e cobiça. Em seguida entrega tua riqueza aos que dela necessitam de modo justo para que não provoque excessos e cobiças. Finalmente, trata de viver sem excessos nem ganâncias, pois este é o caminho da ruína dos egoístas e dos invejosos".

E assim Midas obedeceu, cultuando o deus Pã, que representava a natureza e a simplicidade – mas não por muito tempo. É que era um rei arrogante e custava a aprender as lições.

Numa ocasião, um flautista chamado Tmolo teve a ousadia de comparar sua música com a de Apolo (deus da música e da beleza), e ainda desafiá-lo para uma competição. Apolo aceitou e elegeu Midas como árbitro. Quando Apolo tocou seu instrumento, embalado pelo farfalhar das árvores, Midas entusiasmou-se mas não percebeu que era Apolo quem tocava e atribuiu a vitória a Tmolo. Apolo não tolerou que Midas tivesse um par de orelhas tão desatentas e estúpidas e achou que não poderiam continuar a ter forma humana. Assim, tornou-as peludas por dentro e por fora, e as fez crescer sem parar, até tomarem a forma e o tamanho das orelhas de burro.

E Apolo declarou: "Somente as orelhas de um burro, somente o dono de um par de orelhas de burro poderia ter realizado este julgamento." Então o rei Midas caiu em si, sentindo-se mortalmente envergonhado com as orelhas que ganhara do deus Apolo. Passou a escondê-las do modo mais eficiente possível, colocou-as por dentro de um turbante, mas seu cabeleireiro sabia evidentemente do segredo. Apesar das ameaças do rei, ele não resistiu e revelou – quem resiste em guardar tão fascinante segredo?

Fez o seguinte: Abriu um buraco no chão para o qual contou todo o segredo: "Meu querido buraco, o rei tem orelhas de burro! Mas agora vou tampar-te para que ninguém saiba o segredo".

Mas neste buraco cresceu uma touceira de juncos, que logo passaram a contar para todos – sussurrando que o rei tinha orelhas de burro! E assim faziam toda vez que a brisa soprava.

BIBLIOGRAFIA

Apollodórou: *Bibliothéke;* Atenas, Ed. Afon T. E., 1984.

Omérou: *Iliáda;* Trad. para o grego moderno de N. Kazantzakis, Atenas, Ed. DidaktikónBiblíon, 1990.

IoánStamatákou: *LexikóntesArxaíasEllenikésGlóssis (Dic. da Língua Grega Arcaica);* Atenas, Ed. O F, 1972.

I.Rispen: *EllenikéMythologgia;* Atenas, Ed. Pergaminai, 1954.

Thoukidídou (Tucídides): *PindároApospásmata (Píndaro-Fragmentos);* Atenas, Ed. Papyros, 1953.

Platão: *Diálogos;* Rio de Janeiro, Ed. de Ouro, 1974.

Marcel Detienne: *Os Mestres da Verdade na Grécia Arcaica;* Rio de Janeiro, Jorge Zahar Editor, 1982.

MirceaEliade: *Mito e Realidade;* São Paulo, Ed. Perspectiva, 1986.

Werner Jaeger: *Paideia: A Formação do Homem Grego;* São Paulo, Livraria Ed. Martins Fontes, 1986.

Viktor D. Salis: *Édipo: Messias ou Complexo?;* São Paulo, Sattva, 2017.

Viktor D. Salis: *A Paideia nos 12 trabalhos de Hércules: para formar um homem ético e criador;* São Paulo, Sattva, 2017.

Viktor D. Salis: *O casamento de Eros e Psiquê: a arte do encontro*; São Paulo, Sattva, 2017.

SOBRE O AUTOR

Viktor D. Salis nasceu em Atenas, Grécia. Formou-se em Psicologia em 1971 pela PUC-SP e estudou Epistemologia Genética com Jean Piaget em Genève, Suíça, onde completou seu primeiro doutorado em 1977. Em 1981 estudou "A Fenomenologia dos Mitos" com Igor Caruso na Universidade de Salzburg, obtendo seu segundo doutorado.

Daí em diante, dedicou-se cada vez mais ao estudo das tradições e mitos das antigas civilizações gregas, egípcias, judaico-cristãs, caldaicas e orientais, buscando recuperar seu significado original, ou seja, fornecer chaves ao homem para a arte de viver e amar, e principalmente buscar respostas para o Enigma da Esfinge, que as ciências modernas não foram capazes de responder: Quem sou eu e que faço aqui? De onde venho? Para onde vou?

Por conhecer bem o grego antigo e o moderno, estuda e trabalha com os textos originais, dispensando as traduções e as adaptações. Domina também o inglês, francês, espanhol e lê o latim e o alemão. Escreveu diversas obras na área dos mitos e tradições arcaicas. Escreve peças de teatro baseadas nos mitos.

Trabalha como terapeuta num processo que denomina "Terapia Mítica", onde se busca o conhecimento de si e do outro através dos mitos arcaicos e se permite abrir as portas para a compreensão e a evolução do ser humano, conferindo-lhe o seu sentido cósmico.

Desenvolve também trabalhos na área da educação, buscando recuperar o ideal helênico de formar o homem "obra de arte, ético e criador", superando o homem tecnicista, materialista e angustiado do séc. XXI, e abrir-lhe novas possibilidades.

Mitologia • Psicoterapia mítica • Psicopatologia

Depressão • Síndrome do pânico • Consultoria executiva em educação

Ética empresarial • Treinamento

www.viktordesalis.pro.br • www.viktordesalis.com.br

Facebook: **Viktor David Salis**

E-mails: **vdsalis@gmail.com**

"

... Sobre o significado e função dos mitos na atualidade, não é demais insistir que eles não podem – e nunca quiseram – competir com a ciência e a razão. Eles nos abrem as portas para uma outra realidade: o mistério de viver, com seus dramas individuais e coletivos, suas angústias, medos, alegrias e anseios. Alguém se atreve a explicar o sentido de sua própria existência de modo científico, racional e previsível? Eis a beleza dos mitos que tanto nos fascina e apaixona: eles não preveem, mas abrem portas e possibilidades para a nossa vida através do imaginário. Por isso são fantásticos e ambíguos: exigem nossa participação e tomada de posição, cobram-nos a coragem de viver e não simplesmente vegetar. Assim, cada um tem o desafio de recriar um mito - qualquer mito - para a sua própria vida, de acordo com sua visão e compreensão.

Os Hindus falam do Dharma, os gregos falavam do Daimon, Jung falou do Self. Esta é a verdade oculta na natureza essencial de cada indivíduo. 'Conhece-te a ti mesmo' dizia Sócrates, frase que continuava com ... 'e então conhecerás os deuses e o Universo'.
Essa é a função dos mitos na educação.

"